Amores fingidos
Sarah M. Anderson

Editado por Harlequin Ibérica.
Una división de HarperCollins Ibérica, S.A.
Núñez de Balboa, 56
28001 Madrid

© 2015 Sarah M. Anderson
© 2017 Harlequin Ibérica, una división de HarperCollins Ibérica, S.A.
Amores fingidos, n.º 146 - 19.10.17
Título original: Falling for Her Fake Fiancé
Publicada originalmente por Harlequin Enterprises, Ltd.

I.S.B.N.: 978-84-9170-135-4
Depósito legal: M-22221-2017
Impresión en CPI (Barcelona)
Fecha impresion para Argentina: 17.4.18
Distribuidor exclusivo para España: LOGISTA
Distribuidores para México: CODIPLYRSA y Despacho Flores
Distribuidores para Argentina: Interior, DGP, S.A. Alvarado 2118.
Cap. Fed./Buenos Aires y Gran Buenos Aires, VACCARO HNOS.

Capítulo Uno

–Señor Logan –se oyó por el antiguo intercomunicador del escritorio de Ethan.

Al oír a su secretaria arrastrar su nombre, frunció el ceño y se quedó mirando el viejo aparato.

–¿Sí, Delores?

Nunca había estado en un despacho con un ar-
tilugio así. Era como si hubiera viajado a 1970.

Claro que probablemente el intercomunicador
fuera de aquella época; Ethan estaba en las oficinas centrales de la cervecera Beaumont. Aquel
despacho lleno de piezas talladas a mano seguramente no había sido redecorado desde entonces.
La cervecera Beaumont tenía ciento sesenta años.

–Señor Logan –repitió Delores sin molestarse
en disimular su desagrado–. Vamos a tener que detener la producción de las líneas Mountain Cold y
Mountain Cold Lights.

–¿Qué? ¿Por qué?

No podía permitirse otro corte.

Ethan llevaba dirigiendo la compañía casi tres
meses. Su empresa, Corporate Restructuring Services, se estaba ocupando de la reorganización de la
cervecera Beaumont, y quería hacerse valer. Si él, y
por extensión CRS, podían convertir aquella vieja
compañía en un negocio moderno, su reputación
en el mundo empresarial se consolidaría.

Ya se imaginaba que se encontraría con cierta resistencia. Era natural. Había reestructurado trece compañías antes de hacerse con el timón de la cervecera Beaumont. Cada compañía, después de la reorganización, resurgía más ligera, sólida y competitiva. Cuando eso pasaba, todo el mundo ganaba.

Sí, tenía a sus espaldas trece historias, pero nada le había preparado para la cervecera Beaumont.

–Hay una epidemia de gripe –dijo Delores–. Sesenta y cinco trabajadores se han quedado en casa, pobrecitos míos.

Pero, ¿qué tomadura de pelo era esa? La semana anterior había sido el catarro lo que había afectado a cuarenta y siete empleados, y la otra, una intoxicación alimentaria por la que cincuenta y cuatro personas no habían acudido a sus puestos de trabajo.

Ethan no era ningún idiota. En las dos primeras ocasiones, se había mostrado permisivo para ganarse su confianza, pero había llegado el momento de aplicar la ley.

–Que despidan a todos los que han llamado diciendo que están enfermos.

El intercomunicador permaneció en silencio y, por un momento, Ethan se sintió victorioso.

Pero aquella sensación apenas le duró unos segundos.

–Señor Logan. Por desgracia, parece que todo el personal de Recursos Humanos capacitado para tramitar los despidos está enfermo.

–Sí, claro –replicó con ironía.

Contuvo el impulso de estrellar el intercomunicador contra la pared, apagó el aparato y se quedó mirando la puerta de su despacho.

Necesitaba un buen plan. Siempre había contado con un plan cada vez que se ponía manos a la obra. Su método daba resultado. Era capaz de darle la vuelta a una empresa en quiebra en tan solo seis meses.

Pero le estaba resultando difícil en la cervecera Beaumont.

Ese era el problema, se dijo. Todo el mundo, incluyendo la prensa, el público, los clientes y en especial los empleados, seguían considerando aquella empresa como la cervecera Beaumont. Aquel negocio había estado bajo la dirección de la familia Beaumont durante más de un siglo y medio. Esa era la razón por la que AllBev, la multinacional que había contratado a CRS para llevar a cabo la reorganización, había decidido mantener el apellido Beaumont. Era una marca reconocida de gran valor.

Pero ya no era un negocio familiar. Los Beaumont se habían visto obligados a vender la compañía unos meses atrás. Y cuanto antes se dieran cuenta los empleados, mejor.

Miró a su alrededor en aquel despacho. Era un lugar bonito, lleno de historia y poder.

Le habían contado que la mesa de reuniones había sido hecha por encargo. Era tan grande y pesada que habían acabado de montarla en el mismo despacho. En el rincón más alejado había una gran mesa de centro, con un par de butacas de cuero y un sofá a juego. La mesa estaba hecha con una rueda de la carreta original con la que Phillipe Beaumont había cruzado en 1880 la Gran Planicie, tirada por caballos percherones.

Los únicos indicios de que estaban en la época presente eran una pantalla plana de televisión y los aparatos electrónicos que había sobre el escritorio.

Toda la estancia recordaba tanto a los Beaumont que se sentía incómodo.

Apretó el botón del intercomunicador.

—Delores.

—Sí, señor…

—Quiero hacer unos cambios en el despacho —la interrumpió para no oírla arrastrar de nuevo su apellido—. Quiero todo esto fuera, incluidas las cortinas y la mesa de reuniones. Véndalo todo.

Algunas de aquellas piezas tenían un gran valor.

—Sí, señor. Sé de alguien que se dedica a la tasación.

La ignoró y regresó junto a su ordenador. Era inaceptable cerrar dos líneas de producción. Si al día siguiente no se doblaban los turnos, no esperaría a que Recursos Humanos tramitara los despidos. Lo haría él mismo.

Después de todo, él era el jefe y tenía que hacerse lo que él dijera. Y eso incluía el mobiliario.

Frances Beaumont cerró la puerta de un portazo y se dejó caer sobre la cama. Había sufrido otro fracaso. Ya no podía caer más bajo.

Estaba cansada de aquello. Se había visto obligada a regresar a la mansión de los Beaumont después de que su último proyecto fracasara estrepitosamente. Había tenido que dejar su lujoso apartamento del centro de Dénver e incluso había tenido que vender casi toda su ropa de marca.

La idea, poseer arte digital y patrocinarlo mediante la venta de participaciones en obras digitales, había sido buena. A pesar de que el arte fuera eterno, la manera de producirlo y coleccionarlo tenía que evolucionar. Había destinado buena parte de su fortuna a Art Digitale, así como todo lo que había obtenido de la venta de la cervecera Beaumont.

Vaya desastre. Después de meses de retraso y de enormes facturas, Art Digitale había funcionado durante tres semanas antes de quedarse sin fondos. No había hecho ninguna transacción en la web. En toda su vida había sufrido un fracaso mayor. ¿Cómo iba a conocer algo así siendo una Beaumont?

El que su negocio fracasara ya era bastante grave, pero lo que era aún peor era no poder conseguir un empleo. Era como si ser miembro de la familia Beaumont de repente no contara para nada. Su primer jefe, el propietario de la galería Solaria, no se había alegrado demasiado ante la idea de tener a Frances de vuelta, a pesar de que se le daba muy bien encandilar a ricos mecenas, alimentar el ego de los artistas y, por supuesto, vender arte.

Además, era una Beaumont. Hasta hacía unos años, la gente habría hecho cualquier cosa por tener relación con una de las familias fundadoras de Dénver. Frances había sido una mujer muy solicitada.

—¿Dónde me he equivocado? —preguntó mirando al cielo.

Acababa de cumplir treinta años, estaba arruinada y había regresado a la casa familiar, en la que vivía su hermano Chadwick con su familia y unos

7

cuantos hermanastros fruto de los otros matrimonios de su padre.

Sintió un escalofrío de pánico.

Cuando la familia aún era propietaria de la cervecera, el apellido Beaumont representaba algo, ella representaba algo. Pero desde que había sido vendida, se sentía a la deriva.

Si al menos hubiera alguna manera de que su familia recuperara el control de la compañía…

Sí, esa era la mejor opción. Sus hermanos mayores, Chadwick y Matthew, habían abandonado la empresa y habían creado la suya propia, Cervezas Percherón. Phillip, el favorito de entre sus hermanos mayores, el que la llevaba a las fiestas y la había ayudado a moverse entre la alta sociedad de Dénver, se había enderezado y había dejado de beber. Se acabaron las fiestas con él. Y su hermano gemelo, Byron, acababa de inaugurar un restaurante nuevo.

Todos sus hermanos estaban progresando en sus vidas y se habían emparejado, mientras que Frances estaba sola y se había visto obligada a volver a la casa donde se había criado.

Tampoco creía que un hombre pudiera ayudarla a resolver sus problemas. Había crecido viendo a su padre pasar de un matrimonio a otro, todos igualmente infelices. Estaba convencida de que el amor no existía o, si existía, no estaba hecho para ella.

Tenía que arreglárselas sola.

Abrió un mensaje de su amiga Becky y se quedó mirando la foto de un escaparate cerrado. Becky y ella habían trabajado juntas en la galería Solaria. Becky no tenía un apellido conocido ni contactos, pero sabía mucho de arte y su sentido del humor siempre le había abierto muchas puertas. Además, Becky la trataba como a una persona más y no como a una niña de papá. Desde entonces, eran amigas.

Becky le había hecho una propuesta. Quería abrir una nueva galería en la que se unieran las más innovadoras expresiones de arte con las fórmulas más clásicas preferidas por los adinerados mecenas. No era una idea tan vanguardista como la suya, pero era un puente entre ambas.

El único inconveniente era que Frances no tenía dinero para invertir. De haberlo tenido, habría sido cofundadora y codirectora de la galería. Tampoco habría ganado mucho dinero, pero al menos habría conseguido dejar la mansión. Podría haber vuelto a ser alguien. Podía haber vuelto a ser Frances Beaumont: popular, respetada y envidiada.

Sintiéndose derrotada, se echó sobre la cama. Estaba al borde de la desesperación cuando su teléfono sonó. Contestó sin ni siquiera mirar la pantalla.

—¿Hola? —contestó con voz taciturna.

—¿Frances? Frannie —dijo la mujer—. Quizá no te acuerdes de mí. Soy Delores Hahn. Antes trabajaba en el departamento de contabilidad de…

—Ah, Delores —exclamó, recordando a una mujer madura que solía llevar moño—. Sí, de la cervecera. ¿Cómo estás?

Las únicas personas que la llamaban Frannie, aparte de sus hermanos, eran los empleados de la cervecera Beaumont. Eran su segunda familia o, al menos, lo habían sido.

—He conocido épocas mejores —respondió Delores—. Escucha, tengo que hacerte una propuesta. Sé que tienes buenos conocimientos de arte.

Frances se sonrojó.

—¿Qué clase de propuesta?

Quizá su suerte estaba a punto de cambiar. Quizá aquella propuesta fuera acompañada de un cheque.

—Bueno —continuó Delores susurrando—. ¿Recuerdas al nuevo director que ha puesto AllBev?

Frances frunció el ceño.

—Sí, ¿qué pasa con él? Espero que no le esté yendo bien.

—Tristemente, así es —dijo Delores sin denotar tristeza—. Hay una epidemia de gripe y dos líneas están funcionando a la mitad de producción.

Frances no pudo evitar sonreír con malicia.

—Eso es fantástico.

—Sí —convino Delores—. Pero Logan, el nuevo director, se ha enfadado tanto que ha decidido desmantelar el despacho de tu padre.

Frances hubiera reído de nuevo, excepto por un pequeño detalle.

—¿Que va a echar abajo el despacho de mi padre? No se atreverá.

—Me ha dicho que lo venda todo: la mesa, la barra, ¡todo!

El despacho de su padre. Hasta no hacía mucho había sido el despacho de Chadwick, aunque Frances nunca había dejado de considerarlo el de su padre.

—¿Qué me propones?

—Pensaba que podías ocuparte de las tasaciones —respondió Delores hablando en un susurró conspiratorio—. ¿Quién sabe? Tal vez consigas que haya más de un interesado.

–Y este Logan, ¿está dispuesto a pagar por las tasaciones? Si consigo vender el mobiliario, ¿me llevaré una comisión?

–No veo por qué no.

Frances intentó encontrar desventajas, pero no se le ocurrió ninguna. Delores tenía razón; si había alguien capaz de vender el mobiliario familiar, esa era Frances.

Además, si conseguía volver a meter un pie en la cervecera, podría ayudar a todos aquellos empleados. Tampoco era tan ingenua como para creer que una multinacional como AllBev volvería a venderle la compañía a la familia, pero…

Podía complicarle un poco la vida a aquel tal Logan. Sería su pequeña venganza. Después de todo, desde la venta de la compañía, su suerte había ido en declive. Si pudiera hacerle pagar por ello…

–¿Qué te parece si voy el viernes? Llevaré donuts.

Solo quedaban dos días, pero tendría tiempo suficiente para trazar un plan y tender una trampa.

Delores soltó una risita.

–Esperaba que dijeras eso.

Sí, aquello iba a ser estupendo.

–Señor Logan. Ya ha llegado la persona encargada de la tasación.

Ethan dejó los informes de contabilidad que estaba estudiando. La semana siguiente tenía que reducir el personal en un quince por ciento. Aquellos con más de dos ausencias por enfermedad iban a ser los primeros en verse de patitas en la calle.

11

–Bien, que pase.

Pasados unos segundos, al ver que nadie entraba, Ethan apretó el botón del intercomunicador. Antes de poder preguntar nada a Delores, oyó gente hablando y riendo.

¿Qué demonios estaba pasando?

Cruzó el despacho y abrió la puerta. Parecía haber una fiesta. Allí estaban trabajadores con los que apenas se había cruzado en alguna ocasión alrededor de la mesa de Delores, con caras sonrientes y donuts en las manos.

–¿Qué está pasando aquí? Esto es una oficina.

Entonces, la gente se apartó y la vio a ella.

¿Cómo no la había visto antes? Había una mujer con una impresionante melena pelirroja sentada al borde de la mesa de Delores. Llevaba un vestido verde entallado que se le ajustaba a las curvas como un guante.

No era una empleada, de eso no había ninguna duda, y en las manos sujetaba una caja de donuts.

Se borraron las sonrisas y la gente allí congregada se apartó.

–¿Qué pasa? –preguntó.

Varios de los empleados palidecieron, pero su pregunta no tuvo ningún efecto sobre la mujer del vestido verde.

Sus ojos se clavaron en su espalda, en la forma en que su trasero se adivinaba en el borde de la mesa. Lentamente se volvió y lo miró por encima de su hombro.

Tal vez hubiera intimidado a los trabajadores, pero era evidente que no la había intimidado a ella.

Una sonrisa enigmática se dibujó en sus labios rojos.

—Es viernes de donuts.

Ethan se quedó mirándola.

—¿Cómo?

Ella se volvió y pudo verla mejor. Aquel vestido sin tirantes tenía un pronunciado escote en uve que contrastaba con la palidez de su piel.

No debería quedarse mirando tan fijamente, pero no podía evitarlo.

La mujer cambió de postura. Era como si estuviera viendo a una bailarina antes de lanzarse a una serie de atrevidas piruetas.

—Debe de ser nuevo aquí —dijo la mujer con tono de lamento—. Es viernes, es el día que traigo donuts.

—¿Viernes de donuts?

Llevaba allí varios meses y era la primera vez que oía hablar de donuts.

—Sí —respondió ella, ofreciéndole la caja—. Traigo para todos. ¿Quiere el último? Me temo que solo queda uno sin nada.

—¿Y quién es usted, si puede saberse?

Ella bajó la barbilla y lo miró por entre las pestañas. Era la mujer más bonita que había visto nunca, lo que le impedía apartar la vista de ella. Pero el hecho de que lo estuviera tomando por tonto...

Se oyeron unas risitas de fondo cuando le tendió la mano, más que para estrechársela para que se la besara como si fuera una reina o algo así.

—Soy Frances Beaumont. He venido a tasar las antigüedades.

Capítulo Dos

Aquello estaba siendo divertido.

—¿Un donut? —preguntó ella de nuevo, tratando de mostrarse inocente.

—¿Es usted la tasadora?

Frances sostuvo unos segundos más la caja entre ellos antes de bajarla lentamente hasta su regazo.

Había estado llevando donuts los viernes desde que tenía uso de razón. Había sido su momento favorito de la semana porque era el único rato que pasaba con su padre a solas. Durante aquellas maravillosas horas de los viernes por la mañana, Hardwick Beaumont le dedicaba toda su atención.

Además, visitaba a un montón de adultos, incluyendo a muchos de los empleados que en aquel momento estaban observando fascinados el intercambio de palabras entre Logan y ella. La gente que llevaba treinta años trabajando en la cervecera siempre le había hecho sentir especial y querida. Habían sido su segunda familia. Incluso después de que Hardwick muriera y desaparecieran los viernes de donuts, siempre había sacado tiempo para visitarlos al menos una vez al mes. Compartir unos donuts hacía que el mundo fuera un lugar mejor.

Lo menos que podía hacer por los empleados que habían mostrado lealtad a su familia era humillar a aquel tirano.

—Vuelvan al trabajo —ordenó Logan.

Nadie se movió.

Ella se volvió hacia los empleados tratando de disimular una sonrisa triunfal. Todos estaban pendientes de ella. Nadie le hacía caso a aquel hombre.

—Bueno —dijo ella con un brillo travieso en los ojos—. Ha sido maravilloso volver a ver a todo el mundo. Os he echado de menos, todos en la familia Beaumont os hemos echado de menos. Espero poder volver pronto para otro viernes de donuts.

A su espalda, Logan dejó escapar un sonido de fastidio. Pero frente a ella, los empleados asintieron, sonriendo. Algunos, incluso le guiñaron el ojo para demostrarle su apoyo.

—Que tengáis buen día.

La gente empezó a dispersarse. Unos pocos se atrevieron a desafiar a Logan acercándose a ella para darle las gracias o enviar su saludo a Chadwick o Matthew. Ella sonrió y se despidió de ellos, asegurándoles que saludaría de su parte a sus hermanos.

Durante todo el tiempo, fue consciente de que tenía a Logan a sus espaldas, conteniendo la rabia. No le cabía ninguna duda de que estaría deseando asesinarla con la mirada, pero dada la situación, era ella la que tenía la sartén por el mango, y los dos lo sabían.

Al final, solo quedó una empleada.

—Delores —dijo Frances con su voz más amable—, si el señor Logan no quiere su donut…

Se volvió y le ofreció la caja de nuevo.

Sí, tenía ventaja. Podía seguir intentando asesinarla con la mirada, pero eso no cambiaría el

15

hecho de que todo el personal administrativo de la cervecera había ignorado las órdenes del presidente de la compañía y solo había atendido a las suyas. Aquella sensación de poder, de importancia, se expandió por su cuerpo y se sintió bien.

–No lo quiero.

–¿Podrías ser tan amable de ocuparte de esto? –preguntó Frances, entregándole la caja a Delores.

–Por supuesto.

Delores le dedicó una mirada tan cálida como un abrazo antes de dirigirse a la sala de descanso y dejar a Frances a solas con aquel directivo tan enfadado. Cruzó las piernas por los tobillos y se echó hacia delante, pero no dijo nada. La pelota estaba en el tejado del hombre. La cuestión era si sabía jugar a aquel juego.

El momento se hizo eterno. Frances aprovechó el silencio para evaluar a su presa. Aquel tal Logan era un ejemplar muy atractivo. Era pocos centímetros más alto que ella y tenía la constitución robusta de un jugador de fútbol americano. Su traje, un buen traje de líneas conservadoras, estaba hecho a medida y se le ajustaba a los hombros. Teniendo en cuenta la base de su cuello, apostaría a que la camisa también estaba hecha a medida. Ni la camisa ni el traje eran baratos.

Tenía la mandíbula cuadrada y llevaba el pelo castaño muy corto. Probablemente fuera muy guapo cuando no fruncía el ceño.

Era evidente que estaba intentando recuperar la compostura.

De niña, solía sentarse en aquella misma mesa, balanceando las piernas mientras sujetaba la caja de donuts. Pero lo que podía resultar tierno con cinco años no lo era con treinta, así que tenía que bajarse de la mesa.

Extendió la pierna izquierda, lado en que el vestido tenía una conveniente apertura sobre el muslo, y lentamente fue dejando caer el peso en ella.

Logan posó la mirada en su pierna desnuda, mientras el tejido caía. Ella se inclinó hacia delante y apoyó el otro pie en el suelo, y los ojos de Logan se fijaron justo en donde quería: su generoso escote.

Sin ninguna prisa, una vez en el suelo, enderezó los hombros y alzó la barbilla.

—¿Pasamos? —preguntó en tono majestuoso—. Mi capa —añadió, señalando con la barbilla la capa a juego con el vestido que se había quitado.

Sin esperar respuesta, entró en el despacho como si fuera suyo.

La habitación estaba tal cual la recordaba. Francés suspiró aliviada; todo estaba en el mismo sitio. Solía pintar en la mesa de la rueda de la carreta mientras esperaba a que pasaran los empleados para darles los donuts. Había jugado a las muñecas en aquella enorme mesa de reuniones. Y el escritorio de su padre...

Su padre solo la abrazaba en aquella habitación. En esos momentos con ella, Hardwick Beaumont no se comportaba con un directivo despiadado. Le contaba cosas que no le contaba a nadie más, como cuando su padre, el abuelo John, le había dejado elegir el color de las cortinas y de la alfombra. O cómo John le había dejado probar una nueva cerveza recién salida de la fábrica y le había hecho explicarle por qué estaba buena y qué se le ocurría que podían hacer para mejorarla.

Su padre solía decirle que aquella oficina le había hecho como era y que algún día también influiría en su forma de ser. Después, le daba uno de sus escasos y breves abrazos.

Era ridículo cómo el simple recuerdo de un abrazo le humedecía los ojos. No podía soportar la idea de que toda aquella historia, todos aquellos recuerdos, iban a ser vendidos al mejor postor, aunque eso supusieran una pequeña comisión para ella.

Si no podía detener la venta, al menos podía intentar convencer a Chadwick para que comprara todo lo que pudiera. Su hermano había luchado por mantener la compañía en la familia.

Apartó aquellos sentimientos. En asuntos como aquel, los sentimientos eran un lastre, y no podía permitírselo.

Así que se detuvo en mitad del despacho y esperó a que Logan la alcanzara. Se quedó allí como si fuera la propietaria de todo lo que la rodeaba. Nadie, ni siquiera aquel directivo con aspecto de jugador de fútbol americano, iba a convencerla de lo contrario.

Le sorprendió que no cerrara la puerta de un portazo. En vez de eso, oyó cómo se cerraba con suavidad.

«Cabeza alta, hombros atrás», se recordó mientras esperaba a ver qué hacía aquel hombre.

No mostraría piedad y no esperaba otra cosa de él.

Lo vio acercarse a la mesa de reuniones y dejar

la capa en una de las sillas. Sentía su mirada en ella. Los hombres eran muy fáciles de confundir.

Estaba convencida de que pertenecía a la clase de hombre que necesitaba reafirmar su posición en toda situación. Ya sin espectadores, se sentiría obligado a ponerla en su sitio.

No podía permitir que se sintiera cómodo, era así de simple.

Sí, no se había equivocado. Describió un amplio círculo alrededor de ella y la miró sin disimulo mientras se dirigía al escritorio. Frances mantuvo la pose hasta que casi se hubo sentado. Luego, buscó en su pequeño bolso de seda verde, a juego con el vestido, y sacó un pequeño espejo y una barra de labios. Ignorando su presencia, se retocó los labios, exagerando los gestos.

¿Se lo había imaginado o le había parecido oír un suave gemido desde el otro lado del escritorio?

Aquello le estaba resultando demasiado sencillo.

Guardó la barra de labios y el espejo y sacó el teléfono. Logan abrió la boca para decir algo, pero al verla hacer una foto del escritorio con él, se calló.

—Así que Frances Beaumont, ¿eh?

—La misma —replicó tomando otra foto del tallado del borde del escritorio.

Al hacerlo, se inclinó como si no fuera consciente de lo excesivamente corto que era aquel vestido.

—Sería demasiada casualidad —comentó Logan.

—No creo en las casualidades —dijo ella, variando el ángulo de la imagen—, ¿y usted?

—Ya no.

En vez de mostrarse desconcertado o molesto, le pareció adivinar una nota de humor en su voz.

–Supongo que ya conoce esto.

–Así es –contestó ella y, de repente, se detuvo–. Lo siento, creo que no me he quedado con su nombre.

–Discúlpeme –dijo él, poniéndose de pie y extendiendo su mano–. Soy Ethan Logan, presidente de la cervecera Beaumont.

Frances esperó unos segundos antes de estrecharle la mano. Sus manos eran tan fuertes como sus hombros. Aquel Ethan Logan no era el lacayo baboso que se había imaginado.

–Ethan –dijo ella bajando la vista y mirándolo por encima de sus pestañas.

Sintió su mano cálida tomar la suya, pero en vez de estrechársela, la giró y se la besó. Era lo que había intentado que hiciera delante de los empleados. Había actuado convencida de que no lo haría.

Pero allí, en la intimidad del despacho, sin nadie que presenciara aquel gesto tan caballeroso… No sabía si con aquel beso pretendía amenazarla o seducirla, o las dos cosas.

Entonces, Ethan alzó la vista y se encontró con sus ojos. De repente, la habitación se hizo más pequeña y el ambiente más tenso, y Frances tuvo que hacer acopio de fuerzas para no respirar, jadeando. Tenía una mirada cálida y resuelta.

Quizá lo había subestimado.

No hizo nada por evitar sonrojarse, aunque tuvo que esforzarse en mostrarse inocente. Hacía mucho tiempo que no era inocente.

–Un placer –murmuró, preguntándose cuánto tiempo permanecería besándole la mano.

—El placer es todo mío –replicó enderezándose y dando un paso atrás–. Así que usted es la tasadora que Delores ha contratado.

—Espero que no se enfade con ella –dijo, aprovechando el momento para apartarse unos pasos más de él.

—¿Por qué no debería estarlo? ¿Acaso está cualificada para hacer esto o la ha llamado solo para sacarme de quicio?

Lo dijo de manera desenfadada. Parecía haber recuperado la tranquilidad y no podía permitirlo, especialmente si eso afectaba a su capacidad para llevar a cabo aquella tarea.

Entonces se percató de que sus labios, apretados en una línea fina hasta hacía apenas unos minutos, empezaban a curvarse en una sonrisa. Ethan le había metido un tanto y era consciente de ello.

Rápidamente, recuperó una expresión recatada, con la excusa de seguir haciendo más fotos.

—Estoy altamente cualificada para valorar el contenido de este despacho. Soy licenciada en Historia del Arte y tengo un máster en Bellas Artes. Fui la directora de la galería Solaria durante unos cuantos años. Tengo muchos contactos en el ámbito cultural.

Relató sus méritos como si tal cosa para que se tranquilizara, aunque no estaba del todo segura de que aquello no acabaría por ponerlo más nervioso.

—Si hay alguien que conozca el verdadero valor de estos objetos –añadió, esforzándose en lucir su mejor sonrisa–, tiene que ser un Beaumont, ¿no le parece? Después de todo, esto ha sido nuestro durante mucho tiempo.

No se dejó embaucar por aquella sonrisa, y se quedó mirándola con recelo, tal y como había supuesto que haría. Iba a tener que replantearse su opinión sobre él. Una vez pasada la sorpresa de su aparición, parecía cada vez más dispuesto a seguirle el juego.

Aunque no debería ser así, no pudo evitar sentirse entusiasmada. Logan sería un oponente formidable. Aquello podía resultar incluso divertido. Podía jugar a aquel juego con Ethan, un juego que sin duda ganaría ella, y en el proceso, proteger el legado de su familia y ayudar a Delores y al resto de los empleados.

—¿Qué me dice de usted?

—¿Qué pasa conmigo? —replicó él.

—¿Está cualificado para dirigir una compañía?

No pudo evitarlo. Las palabras surgieron más bruscas de lo que había sido su intención. Pero a la pregunta le siguió otra caída de pestañas y una sonrisa recatada.

—Lo cierto es que estoy muy preparado para dirigir esta compañía. Soy copropietario de mi compañía, Corporate Restructuring Services. He reestructurado trece compañías, haciendo subir su valor en el mercado e incrementando su productividad y eficiencia. Tengo una licenciatura en Económicas y un máster en Administración de Empresas, y voy a darle la vuelta a esta compañía.

Pronunció aquella última parte con la convicción de un hombre que seguro de que estaba en el lado bueno de su historia.

—Estoy segura de que lo hará —convino—. A ver si se mejoran los empleados que han caído enfermos con ese virus. En unos días, tendrá todo bajo control —añadió, echando sal en la herida.

Esta vez Ethan le sostuvo la mirada. Había llegado el momento de dar un paso adelante.

Frances dejó caer la vista a aquellos fuertes hombros y a su ancho pecho. Era muy diferente a los hombres pálidos y esmirriados con los que se relacionaba en el entorno cultural. Todavía sentía sus labios en la mano.

Sí, claro que podía jugar aquel juego y volver a sentirse, aunque fuera por poco tiempo, la atractiva y poderosa Frances Beaumont. Podía usar a Ethan Logan para recuperar la posición que había tenido hasta hacía seis meses y, de paso, provocar algún perjuicio a AllBev a través de la cervecera.

—Tengo fe en sus capacidades —dijo ella en tono confidencial.

—¿Ah, sí?

Ella alzó la vista para mirarlo, antes de dejarla caer de nuevo. Esta vez, sonrió con sinceridad.

—Sí —dijo dándole la espalda—, claro que sí.

Capítulo Tres

La necesitaba.

Aquella clara revelación fue seguida por otra más deprimente. Frances Beaumont acabaría con él a la menor de cambio. Viendo a Frances moverse por su despacho, haciendo fotos del mobiliario y de las antigüedades, y haciendo comentarios sobre posibles compradores, Ethan supo que iba a tener que correr riesgos para obtener lo que quería.

Era curiosa la manera en la que había tenido a todos aquellos empleados comiendo de su mano. Ninguno de ellos había regresado al trabajo cuando se lo había ordenado y se habían mostrado encantados cuando les había sonreído.

Le fastidiaba que los trabajadores no le hubieran prestado atención, pero a ella sí.

Ella era uno de ellos, una Beaumont. Era evidente que la adoraban. Incluso Delores, la vieja bruja, se mostraba rendida a los pies de aquella mujer tan atractiva.

—Si no le importa —dijo con voz delicada.

Se quitó los zapatos y colocó una de las sillas de la mesa de reuniones junto a la ventana. Luego, buscó su mano.

—Me gustaría hacer una foto de los frisos de las ventanas —añadió.

—Por supuesto —respondió él cortésmente.

Aquella mujer a quien estaba dando la mano para ayudarla a mantener el equilibrio sobre la silla y cuyo trasero tenía a la altura de los ojos era preciosa. También era inteligente y no había ninguna duda de que estaba intentando socavarlo. Por eso los donuts. Había pretendido anunciar al mundo en general y a él en particular que aquella seguía siendo la cervecera Beaumont en todos los sentidos.

–Gracias –dijo apoyándose en su hombro para bajarse.

No calculó bien el aterrizaje y Ethan no supo si había sido de manera accidental o a propósito.

Antes de pensárselo dos veces, la rodeó por la cintura para evitar que se cayera.

Aquello fue un error, porque una corriente se estableció entre ellos. Lo miró a través de las pestañas, pero esta vez le impactó de otra manera.

Después de un mes tratando con trabajadores pasivos con miedo a ser despedidos, de repente se sintió un hombre diferente.

–Gracias –susurró de nuevo.

Esta vez sonó más sincera, menos calculadora que todo lo que había dicho hasta el momento. Se apoyó ligeramente en él y Ethan pudo sentir el calor de sus pechos a pesar del traje.

En cuanto se aseguró de que había recuperado el equilibrio, se apartó de ella. La necesitaba, pero no podía necesitarla de aquella manera porque lo destrozaría. No le cabía ninguna duda.

Aun así, un pensamiento estaba tomando forma en su cabeza.

Quizá estaba enfocando aquello de la manera

equivocada. En vez de apartar a los Beaumont de la cervecera, tal vez lo que necesitaba era incluir a alguno de ellos. Nada más ocurrírsele la idea, se aferró a ella.

Sí, lo que necesitaba era tener a un Beaumont a bordo con los cambios que estaba implantando en la gestión. Si los trabajadores veían que los antiguos propietarios aprobaban la reorganización, acabarían las gripes, las intoxicaciones alimentarias o lo que fuera que tuvieran planeado para la siguiente semana. Por supuesto que seguiría habiendo quejas, pero si contaba con un Beaumont a su lado…

–Y bien… –dijo Frances inclinándose hacia delante para ajustarse el zapato.

Ethan tuvo que cerrar los ojos para no quedarse mirando su escote. Si quería sacar adelante aquel plan, tenía que mantener la cabeza fría y la bragueta subida.

–¿Cómo quiere que lo hagamos, Ethan?

Solo cuando oyó su nombre, consideró seguro abrir los ojos.

Frances parecía haber salido de una película para meterse en su despacho. La melena le caía en suaves ondas por los hombros y sus ojos eran azules verdosos, a juego con el vestido. Sus seductoras curvas y su suave piel la convertían en una fantasía.

–Quiero contratarla.

Lo mejor era ser directo. Y, al menos por unos segundos, funcionó. Abrió los ojos, sorprendida, pero enseguida recuperó el control y rio suavemente.

–Señor Logan –dijo esbozando una amplia sonrisa–. Ya me ha contratado, ¿recuerda? Para tasar los muebles, el legado de mi familia.

–No me refiero a eso –replicó él–. Quiero que venga a trabajar para mí aquí, en la cervecera –dijo, y rápidamente pensó en algo apropiado para una mujer como ella–. Como vicepresidenta ejecutiva de Recursos Humanos. Quiero que se encargue de las relaciones con los empleados.

Aquello sonaba muy bien sin significar algo realmente.

–¿Quiere que sea una directiva? –preguntó, arrugando la frente, como si aquella simple palabra la disgustara–. De ninguna manera. Lo siento mucho, pero no puedo trabajar en la cervecera Beaumont sin que sea de mi familia.

Con gran soltura, se envolvió en la capa, ocultando su cuerpo de su vista.

Tampoco estaba mirando. Ethan sintió que los labios se le curvaban en una sonrisa. Seguramente había conseguido descentrarla.

–Le prepararé una tasación y un listado con posibles compradores de algunas piezas con valor sentimental –anunció, sin ni siquiera volverse para mirarlo mientras se dirigía a la puerta.

Antes de ser consciente de lo que estaba haciendo, corrió tras ella.

–Espere –dijo llegando a la puerta en el momento en el que ella tiraba del pomo.

Empujó la puerta para cerrarla y entonces se dio cuenta de que la había acorralado entre la puerta y su cuerpo.

Ella también pareció percatarse. Moviéndose con la gracia de una bailarina, se dio media vuelta y se echó hacia atrás, dirigiendo sus pechos hacia él y esbozando una sonrisa evasiva.

–¿Necesita algo más?

–¿Podría al menos considerarlo?

–¿Se refiere a la oferta de trabajo? Creo que no.

¿En qué otra cosa podía estar pensando? Ethan sintió que la sangre se le aceleraba en las venas. No estaba dispuesto a admitir una derrota. Tenía que ocurrírsele algo para que al menos considerara esa opción posible. No podía dirigir la compañía sin ella.

–Entonces, cene conmigo.

Si aquella invitación la sorprendió, no dejó que se le notara. En vez de eso, ladeó la cabeza, dejando caer las ondas de su melena pelirroja sobre los hombros. Una mano emergió de debajo de la capa y lo tocó. Le acarició el mentón con los dedos y luego los bajó hasta la camisa blanca que llevaba bajo el traje.

Sintió su calor al apoyar la mano abierta en su pecho. Ethan deseaba desesperadamente cerrar los ojos y concentrarse en aquel contacto. Quería bajar la cabeza y saborear aquellos labios color rubí. Quería estrechar aquel cuerpo al suyo y sentir su piel junto a la suya.

Pero no hizo ninguna de aquellas cosas. En vez de eso, se comportó como un hombre. O, al menos, lo intentó.

–¿Por qué iba a acceder?

–Me gustaría tener la oportunidad de hacerle cambiar de idea sobre la oferta de trabajo.

No era del todo cierto desde que su mano empezara a dibujar pequeños círculos sobre su pecho.

—¿Eso es todo? ¿No hay nada más que quiera de mí?

Podía sentir el calor de su mano quemándole la piel.

—Solo quiero lo mejor para la compañía, ¿usted no?

Algo en la expresión de Frances cambió. No era resignación, pero tampoco rendición.

Era un compromiso, un sí.

Le empujó el pecho con suavidad. Él se enderezó y apartó el brazo de la puerta.

—De acuerdo, cenaremos por el bien de la compañía —accedió—. ¿Dónde se queda?

—Tengo una suite en el hotel Mónaco.

—¿Qué le parece mañana a las siete en el vestíbulo?

—Será un honor.

Ella lo miró arqueando una ceja y luego salió hacia la recepción, deteniéndose el tiempo suficiente para darle las gracias de nuevo a Delores por su ayuda.

Tenía que encontrar la manera de tener a Frances de su lado.

No tenía nada que ver con la manera en que seguía sintiendo su roce en la piel.

Capítulo Cuatro

Al final, la decisión estaba entre dos vestidos. Después de la venta de su vestuario, solo le quedaban cuatro. El verde estaba descartado, a pesar de que Ethan no le había quitado el ojo de encima. También tenía el vestido de dama de honor de la boda de su hermano Phillip, gris y con detalles de estrás. Pero era demasiado formal para una cena, a pesar de que le sentaba muy bien. Con lo que tenía que elegir entre el rojo de terciopelo o uno negro para aquella negociación enmascarada en forma de cena con Ethan Logan.

El vestido rojo le dejaría sin palabras, estaba convencida. Siempre se había sentido toda una dama con él en vez de la oveja negra de la familia.

Pero no era una prenda discreta. Además, si la noche iba bien, necesitaría un vestido más atrevido para más adelante.

El vestido negro era la única opción. Iba anudado al cuello y dejaba la espalda al descubierto. De primeras parecería recatado, lo que podía jugar a su favor. Con un bolero a juego, daría una imagen seria y, cuando quisiera impresionar a Ethan, simplemente se lo quitaría. Era perfecto.

Llegó al centro veinte minutos tarde, lo que significaba que iba según lo previsto. Un rato de espera le vendría bien a Ethan Logan para que se le bajaran los humos. Cuanto más en vilo lo mantuviera, en mejor posición se encontraría ella.

Pero, ¿cuál era su posición? Solo había aceptado la invitación a cenar porque le había dicho que quería lo mejor para la compañía. Y por la manera en que lo había dicho…

Ella solo quería lo que fuera mejor para la compañía, incluyendo a los empleados desde el primero al último. Después de todo, si había un negocio que seguía llamándose cervecera Beaumont, ¿no debería seguir vinculado a los Beaumont?

Así que la cena tenía dos objetivos principales. Por un lado, trataría de sonsacarle a Ethan el plan a largo plazo para la cervecera. Si había algo en aquellos planes que pudiera ayudarla a que su mundo volviera a recuperar el orden, mucho mejor.

Sí, la cena no tenía nada que ver con lo que había sentido al acariciar el pecho de Ethan ni con el calor que desprendía. Tampoco con la manera en que la miraba, como un hombre que llevara demasiado tiempo a la deriva en el mar y acabara de ver tierra.

Ella era Frances Beaumont. Estaba acostumbrada a que los hombres la miraran así, no era nada nuevo. Ethan Logan no era diferente. Aprovecharía para obtener de él lo que quería, esa sensación de ser alguien y de tener poder, y se olvidaría de todo lo demás.

Lo que no explicaba por qué por primera vez en años, sintió mariposas en el estómago al entrar en el vestíbulo del hotel Mónaco. ¿Estaría nerviosa? No, imposible. Ella no se ponía nerviosa, y mucho

31

menos por algo como aquello. Llevaba toda la vida lidiando con hombres ricos y poderosos. Ethan no era más que uno de ellos.

–Buenas tardes, señorita Beaumont.

–Harold –dijo saludando al portero con una cálida sonrisa, antes de darle una buena propina.

–¡Señorita Beaumont! Cuánto me alegro de verla.

Al oír aquello, varios huéspedes que pasaban en aquel momento se volvieron para mirarla.

Frances ignoró las miradas.

–Gracias, Heidi –le dijo a la recepcionista con otra cálida sonrisa.

El hotel llevaba años sirviendo el catering de la familia Beaumont y a Frances le gustaba ser atenta con el personal.

–¿En qué podemos ayudarla? –le preguntó Heidi.

–He quedado con alguien para cenar.

Buscó entre la gente que había, pero no vio a Ethan. Con la planta que tenía, no sería difícil distinguirlo.

Entonces lo vio. Sí, recordaba aquellos hombros y aquel cuello. A diferencia del traje gris y de la aburrida corbata con que le había visto en la oficina, llevaba unos vaqueros desgastados, una camisa blanca sin corbata y una chaqueta deportiva morada. Nunca se habría imaginado que fuera el tipo de hombre que destacaría por su estilo para vestir.

Al verla, dejó la columna sobre la que estaba apoyado.

–Frances, hola.

Era un saludo completamente normal, pero lo dijo como si no pudiera creer lo que veían sus ojos.

–Ethan.

Él le tendió la mano y ella aprovechó para atraerlo hacia ella y darle un beso en la mejilla.

–Está muy guapa –murmuró junto a su oído.

Al sentir su aliento en la piel, una cálida sensación se le propagó por el cuerpo. Eso era lo que la ponía nerviosa, y no el hombre ni su cuerpo musculoso, ni siquiera el hecho de que fuera presidente de la compañía de su familia. La forma en la que su cuerpo reaccionaba ante él, sus roces, sus miradas, sus susurros, eran lo que la alteraban.

Aquello era ridículo. No debería sentirse halagada por sus atenciones. No era una cita. Era espionaje corporativo con un buen vestido. Estaba usando los pocos recursos que le quedaban para volver a poner orden en su vida. Aquello tenía que ver con desarmar a Ethan Logan y no al contrario.

–Ese color le queda muy bien. Es muy… atrevido. No todo el mundo sabe llevarlo.

Él arqueó las cejas y Frances se dio cuenta de que estaba conteniendo la risa.

–Y eso lo dice una mujer que se presentó con un vestido de noche color esmeralda para repartir donuts. No tema, me siento muy a gusto con mi masculinidad. ¿Nos ponemos en marcha? He hecho una reserva en el restaurante –dijo ofreciéndole el brazo.

–Muy bien –respondió tomándolo del codo.

No necesitaba su ayuda. Podía caminar perfectamente con aquellos zapatos, pero era parte de su plan para embaucarlo. No tenía nada que ver con querer sentir de nuevo su calor.

El restaurante estaba lleno, como era de esperar, un sábado por la noche. Al entrar, se hizo un silencio. Debían de hacer una curiosa pareja, ella con su melena pelirroja y él con su chaqueta morada.

Apoyó la mano libre en el brazo de Ethan y se echó sobre él lo justo como para crear la impresión de que aquello era una cita.

El *maître* los acompañó hasta una pequeña mesa en un rincón oscuro. Ella pidió langosta y él carne, además de una botella de *pinot grigio*.

Luego, se quedaron a solas.

—Me alegro de que haya venido esta noche.

—¿Pensaba que cancelaría? —preguntó, dejando caer las manos en el regazo.

—No me habría sorprendido, aunque solo fuera por tenerme en ascuas.

Lo dijo con tono divertido, pero reconoció cierto soniquete en su voz.

Así que no se había dejado engañar. Era lo suficientemente listo como para darse cuenta de que estaban allí para algo más que cenar.

Pero no estaba dispuesta a comentarlo.

La sonrisa de Ethan se avivó. El silencio se alargó y Frances sintió que corría el riesgo de ponerse nerviosa bajo su mirada.

El sumiller la salvó al aparecer con el vino. Frances estaba deseando dar un largo trago, pero no quería que Ethan se diera cuenta de cuánto la estaba afectando. Así que tomó la copa y la hizo girar.

—Quiero proponer un brindis.

—¿Ah, sí?

—Por una larga y fructífera asociación.

En lugar de beber, Frances se quedó mirándolo

por encima del borde de la copa y esperó a que se diera cuenta.

–¿Pasa algo?

–No he aceptado el empleo. Ya lo he pensado y no se me ocurre nada más aburrido.

No quería que se diera cuenta de lo desesperada que estaba por aceptar un puesto directivo en la compañía que antes había sido de su familia. La suerte no estaba de su lado, pero no se iba a dar por vencida.

Entonces, dio un sorbo al vino. Tenía que tener cuidado. Necesitaba mantenerse lúcida y no permitir que ni el vino ni aquel puñado de músculos se le subieran a la cabeza.

–Ya me lo imaginaba.

–Pero entonces, ¿por qué hacer ese brindis?

¿No debería haberse quitado ya la chaqueta? Parecía muy seguro de sí mismo. Al igual que le había ocurrido en la oficina, no conseguía sacarle ventaja.

No le gustaba nada aquella sonrisa. Bueno, claro que le gustaba, o le gustaría si no fuera ella la que estuviera en el punto de mira.

Él se inclinó hacia delante, mirándola con tanta intensidad que deseó quitarse la chaqueta para no sentir tanto calor.

–Estoy seguro de que sabe por qué la quiero.

Cada vez sentía más calor, y trató de mostrarse inocente.

–¿Por mi brillante ingenio?

–Eso lo considero un beneficio añadido –admitió él ladeando la cabeza–. Pero dejemos de hacernos los tontos. No es lo que se espera de una mujer

35

con tan considerables talentos. Creo que nunca antes había conocido a una mujer como usted.

—¿Se me está insinuando?

Ella se irguió y sacó pecho, en un desesperado intento por hacerle perder la concentración. Pero no funcionó. No le quitó la vista de la cara.

Ethan esbozó una sonrisa depredadora.

—Por supuesto que no.

—Entonces, ¿por qué me quiere?

Por primera vez en su vida, no estaba segura de cuál sería la respuesta.

Los hombres la deseaban, siempre la habían deseado. En cuanto sus pechos habían hecho acto de presencia, había aprendido cómo provocar a los hombres y usarlo en su propio beneficio. Los hombres la deseaban por un motivo carnal. Y después de ver el desfile de madrastras entrar y salir en la vida de su padre, había decidido no permitir que nadie se aprovechara de ella.

Lo bueno de eso era que nunca le habían roto el corazón. ¿Lo malo? Que nunca había estado enamorada.

—Es muy sencillo, de verdad —dijo él echándose hacia atrás—. Es evidente que todos en la cervecera me odian. Y no puedo culparlos. A nadie le gustan los cambios, especialmente cuando son en contra de su voluntad —añadió sonriendo—. Me sorprende que Delores no me haya echado veneno en el café.

—Sí, es sorprendente.

¿Adónde quería ir con aquello?

—¿Pero usted?

Alargó la mano para tomar la suya y le acarició con el dedo gordo las puntas de los dedos. En contra de su voluntad, Frances se estremeció y él se dio cuenta.

—He visto cómo los trabajadores, en especial los que llevan condenados allí de por vida, se comportan con usted y con sus donuts —continuó sin dejar de acariciarle la mano—. No hay nada que no estén dispuestos a hacer por usted, y probablemente por cualquier Beaumont.

—Si cree que así va a convencerme de que acepte el empleo, está completamente equivocado —replicó.

Quería soltarse de su mano y romper todo contacto, pero no lo hizo. Si era así como iba a ir el juego, tenía que aceptarlo.

Así que entrelazó los dedos con los suyos y comenzó a dibujarle pequeños círculos con el dedo gordo en la palma. Como recompensa, consiguió hacerle estremecer. Estupendo, no estaba completamente a merced de él. Todavía podía conseguir impactarlo sin el elemento sorpresa.

—Sobre todo si los llama condenados de por vida. Eso es un insulto. Ni que fueran prisioneros.

—¿Cómo los llamaría? —preguntó, enarcando una ceja.

—Familia —respondió con total sinceridad, sin pararse a pensar.

Lo último que esperaba era que se llevara la mano a los labios y se la besara.

—Para eso es precisamente para lo que la necesito.

Esta vez, sí apartó la mano. La dejó caer sobre su regazo y se quedó mirándolo. Justo entonces, apareció el camarero con los platos.

Frances no probó nada.

—No deja de repetirme lo mucho que me necesita, así que dejémonos de juegos. Nunca he trabajado en la cervecera Beaumont. Nunca me he acostado con un hombre que pensara que tenía derecho a una parte de la cervecera Beaumont y, por extensión, a mí. No estoy dispuesta a aceptar un empleo en una oficina solo para ayudarlo a ganarse la aprobación de gente que no soporta.

—A ellos tampoco les caigo bien —dijo mientras cortaba su bistec.

Lo que más le gustaría en aquel momento sería lanzarle la copa de vino a la cara. A pesar de que había halagado su inteligencia, tenía la sensación de que estaba jugando con ella, y eso no le gustaba.

—Eso no importa. ¿Qué quiere, señor Logan? Porque estoy convencida de que no puede ser solamente desmantelar y vender la historia de mi familia.

Ethan dejó el cuchillo y el tenedor a un lado y apoyó los codos en la mesa.

—Necesito que me ayude a convencer a los trabajadores de que la compañía los necesita para salir adelante. Necesito que me ayude a demostrarles que no tienen que enfrentarse a mí ni yo a ellos, que juntos podemos convertir la cervecera en algo más grande de lo que era.

—Me aseguraré de comunicar esos sentimientos tan conmovedores a mi hermano, el hombre al que ha sustituido.

—En todos los sentidos, era un gran empresario. Estoy seguro de que pensaría igual que yo. Después de todo, hizo algunos cambios muy importantes tras la muerte de su padre. Pero estaba atado por ese sentimiento de familia que tan bien ha descrito. Yo no.

—Mucho mejor para usted.

Frances dio otro sorbo a su vino.

—Entienda mi problema. Si los trabajadores se oponen a mí, no serán unos cuantos los que pierdan su puesto de trabajo. Toda la compañía cerrará y todos sufriremos las consecuencias.

Ella ladeó la cabeza, pensativa.

—Tal vez. La cervecera Beaumont sin un Beaumont no es lo mismo, diga lo que diga el departamento de marketing.

—¿Estaría dispuesta a permitir que cientos de trabajadores perdieran su trabajo solo por un apellido?

—Es mi apellido.

Pero Ethan tenía razón. Si la compañía se iba a pique, se hundiría con la gente que le importaba. Sus hermanos estarían a salvo. Ya tenían Cervezas Percherón. Pero, ¿qué pasaría con Delores, Bob y todos los demás?

—Lo que nos lleva al fondo de la cuestión. La necesito.

—No, no es cierto. Necesita mi aprobación.

La langosta se estaba quedando fría, pero se había quedado sin apetito.

Algo parecido a una sonrisa se dibujó en sus labios. Por alguna razón, Frances, se lo tomó como un cumplido, como si esta vez de veras se hubiera dado cuenta de su inteligencia.

—¿Por qué no participó en el negocio familiar? Hubiera sido una gran negociadora.

–No me interesan los negocios, como tampoco me interesa la gente que disfruta con ellos.

Él rio. Fue un sonido cálido y divertido. Quiso sonreír, pero se contuvo.

–No voy a aceptar el empleo.

–No se lo iba a ofrecer de nuevo. Tiene razón, le queda grande.

Allí estaba, la trampa que tenía pensado tenderle. Ethan se echó hacía delante, con la mirada fija en ella.

–No quiero contratarla, quiero casarme con usted.

Capítulo Cinco

Aquel comentario impactó tanto a Frances que Ethan temió que se cayera de la silla.

Pero no lo hizo. Era demasiado refinada y educada como para permitir que se notase su sorpresa. Aun así, se quedó con los ojos abiertos como platos.

–¿Que quiere qué?

Le estaba dando de su propia medicina. El día anterior, lo había pillado desprevenido y era evidente que pensaba que podía seguir sorprendiéndole. Pero en aquel momento, la ventaja era suya.

–Quiero casarme con usted. O mejor dicho, quiero que se case conmigo –explicó.

Al oírse decir aquellas palabras en voz alta, sintió que la sangre le hervía. Cuando se le había ocurrido aquel plan, le había parecido una decisión empresarial algo arriesgada. Enseguida se había dado cuenta de que Frances Beaumont no aceptaría un trabajo de oficina, pero era un hecho insoslayable que necesitaba contar con ella para validar sus planes de reestructuración.

¿Qué mejor manera para demostrar que los Beaumont estaban de acuerdo con la reestructuración que casarse con su hija?

Sí, lo había visto todo muy claro al trazar el plan la noche anterior. Un matrimonio fingido, pensado para reforzar su posición en la compañía. Había indagado en su pasado y había averiguado que había intentado lanzar una especie de galería de arte digital, pero que había fracasado. Quizá necesitara dinero, no había problema.

Pero no había tenido en cuenta a la verdadera mujer a la que le había hecho aquella proposición. El fuego de sus ojos casi igualaba el de su pelo, y una llama había prendido en su interior. Tuvo que revolverse en su silla para disimular la incomodidad que le producía mirarla a los labios.

—¿Quiere casarse? —dijo, ocultando su sorpresa con un tono altanero—. ¡Qué halagador!

Él se encogió de hombros. Había adivinado su reacción. Lo cierto era que no esperaba menos de ella.

Lo que no había previsto era la sensación que le provocaría el contacto con su mano. Pero un plan era un plan y estaba dispuesto a llevarlo a cabo.

—Por supuesto que no le profesaré un amor incondicional. Admiración, puede que sí.

Ella se sonrojó ligeramente. No, aquello tampoco lo tenía previsto.

De repente, su plan perfecto parecía una gran estupidez.

—Cómo me gusta oír cosas bonitas. Eso nos encanta a las mujeres.

Él sonrió de nuevo.

—Le estoy proponiendo un acuerdo y estoy abierto a negociar. Ya me he dado cuenta de que lo suyo no es un puesto directivo —dijo recostándose en su asiento, tratando de mostrarse indiferente—. Soy un hombre de gran influencia y poder. ¿Hay algo en lo que crea que la puedo ayudar?

–¿Está intentando comprarme?

Frances se aferró al pie de la copa. Ethan se obligó a mantener la mano sobre la servilleta de su regazo para evitar dar cuenta del vino.

–Como ya le he dicho, esta propuesta no tiene nada que ver con el amor sino con la necesidad. Ya se ha dado cuenta de lo mucho que la necesito. Solo quiero saber qué necesita para que obtenga algo a cambio de este acuerdo. Además, y por encima de todo, quiero que tenga claro que la cervecera de su familia está en buenas manos.

Volvió a echarse hacia delante. Disfrutaba con negociaciones como aquella en la que tenía que esforzarse en encontrar el punto débil de la otra parte. Nunca venía mal sentirse un poco culpable.

–¿Y si no quiero casarme con usted? Como se podrá imaginar, no es el primer hombre que me propone matrimonio.

Estaba haciendo todo lo posible por darle largas.

Y mentiría si dijera que no lo estaba disfrutando.

–No tengo ninguna duda de que lleva años rechazando a los hombres. Pero esta proposición no se basa en el deseo.

A pesar de sus palabras, su mirada bajó durante unos segundos a su pecho. Tenía un cuerpo increíble.

Ella apretó los labios y jugueteó nerviosa con el botón de su chaqueta.

–Entonces, ¿en qué se basa?

–Lo que propongo es un acuerdo a corto plazo, un matrimonio de conveniencia. No es necesario que haya amor de por medio.

–¿Amor? –preguntó ella, batiendo las pestañas–. El matrimonio es mucho más que eso.

–Tiene razón. Tampoco el deseo es parte de mi propuesta. No tendríamos que vivir juntos, tan solo dejarnos ver en público ocasionalmente. Estaríamos casados un año.

–¿Habla en serio, verdad? ¿Qué clase de matrimonio sería?

Esta vez fue Ethan el que empezó a juguetear con la copa de vino. No quería entrar en detalles acerca del matrimonio de sus padres.

–Baste decir que he visto matrimonios a distancia que han funcionado bastante bien.

–Qué fantástico –dijo ella con ironía–. ¿Es homosexual?

–¿Qué? ¡No! –respondió–. Tampoco hay nada malo en ello, pero no, no soy homosexual.

–Lástima. Si hubiera sido un matrimonio sin amor ni sexo con un homosexual, tal vez lo habría considerado. Pero no confío en que vaya a respetar la parte del acuerdo relativa a no tener sexo.

–No digo que no podamos tener sexo.

De hecho, dada la manera en que lo había besado en la mejilla y cómo lo había tomado de la mano, estaría encantado de acostarse con ella.

–Lo único que digo es que no forma parte del acuerdo.

Frances se quedó mirándolo con curiosidad.

–Déjeme ver si he entendido bien: ¿quiere que me case con usted y que el apellido Beaumont se vincule a la desaparición de la cervecera…?

–Reconstrucción, no desaparición –la interrumpió.

–¿… mediante un matrimonio de conveniencia de un año, sin más condiciones?

–Sí, eso es, en resumen.

–Deme una buena razón por la que no debería clavarle un cuchillo en la mano.

–Lo cierto es que estaba esperando que fuera usted la que diera esa razón. He leído en alguna parte que su galería de arte virtual ha quebrado recientemente –dijo en tono suave.

Frances dejó la mano sobre el cuchillo, pero no dijo nada. Sus bonitos ojos claros, a caballo entre el azul y el verde, se clavaron en él.

–Si hay algo que yo, como inversor, pudiera hacer para ayudarla –continuó, manteniendo la voz calmada–, podría formar parte de nuestra negociación. Sería una aportación de capital, no un intento de comprarla –añadió.

Ella apartó la mano del cuchillo y la dejó caer sobre su regazo, lo que Ethan interpretó como una señal de que había dado en el clavo.

–No podría darle un cheque. Pero como su socio capitalista, estoy seguro de que podemos llegar a un acuerdo satisfactorio.

–Interesante propuesta –dijo tranquilamente.

No quedaba ni rastro del tono seductor y coqueto que había empleado como arma.

Por fin estaba hablando con la auténtica Frances Beaumont, una mujer guapa e inteligente a la que acababa de pedirle matrimonio.

Aquello lo hacía por el negocio, se recordó. Le había propuesto matrimonio porque necesitaba hacerse con el control de la cervecera Beaumont, y Frances era el camino más corto entre donde estaba y donde quería estar. No tenía nada que ver con la mujer que tenía delante.

—¿Hace esto a menudo? Me refiero, a proponerle matrimonio a mujeres relacionadas con los negocios que se dedica a hundir.

—Lo cierto es que no. Es la primera vez.

Frances tomó el cuchillo y Ethan no pudo evitar ponerse tenso. Sus labios se curvaron en una medio sonrisa antes de ponerse a cortar la langosta.

—Supongo que debería sentirme halagada.

Ethan comenzó a comerse el bistec. Se había quedado frío, pero ese era el precio que tenía que pagar por negociar antes de que llegara el plato principal.

—No suelo pasar más de un año en la misma ciudad. En ocasiones, he conocido a alguna mujer con quien disfrutaba haciendo cosas, como salir a cenar o hacer turismo.

—¿Y el sexo?

De nuevo, estaba intentando ponerle nervioso, y quizá le estuviera funcionando.

—Sí, cuando ambos queríamos. Pero eran relaciones breves y sin ningún compromiso, por acuerdo de ambas partes.

—Una manera de pasar el tiempo, ¿no?

—Suena cruel, pero así es. Si está de acuerdo, podríamos salir a cenar, ir al teatro y cualquier otra cosa que se haga aquí en Dénver para divertirse.

—Esto ya no es un pueblo de mala muerte, ¿sabe? Tenemos teatros, galas benéficas, exposiciones de arte e incluso un equipo de fútbol. Quizá hasta los conozca —dijo desviando la vista a sus hombros—. Podría considerar jugar como defensa.

Ethan se irguió. No era un hombre presumido, pero le gustaba cuidarse y mentiría si dijera que no se sentía halagado de que se hubiera dado cuenta.

–Lo tendré en cuenta.

Comicron en silencio. Estaba convencido de que conseguiría implicarla en su plan. Y si no, necesitaría un nuevo plan.

Llevaba comida media langosta, cuando dejó los cubiertos a un lado.

–Nunca antes me habían hecho una propuesta de matrimonio como la suya.

–¿Cuántas le han hecho?

–He perdido la cuenta. Una boda rápida, un año de matrimonio sin sexo, diferencias irreconciliables, divorcio de mutuo acuerdo, ¿todo eso a cambio de una inversión en lo que elija?

–Así es.

Nunca antes le había pedido matrimonio a ninguna mujer. No sabía reconocer si aquel tono era una buena señal o no.

–Necesitamos firmar un acuerdo prematrimonial.

–Evidentemente –dijo ella antes de dar un largo sorbo a su vino–. Quiero cinco millones.

–¿Perdón?

–Tengo una amiga que quiere abrir una galería de arte conmigo de socia. Ha elaborado un plan de negocio y lo único que nos hace falta es el capital –dijo, y le señaló con un dedo–. Y usted me está ofreciendo invertir, ¿no?

Ahí lo había pillado.

–Así es. ¿Trato hecho?

Le tendió la mano y se quedó esperando.

***

Debía de haber perdido la cabeza. Se quedó mirando la mano de Ethan. Estaba convencida de que debía de haber cruzado la línea entre la desesperación y la locura para estar considerando aquello.

¿De veras accedería a casarse con el artífice de la ruina de su familia por lo que no era otra cosa que la promesa de un trabajo después de que se fuera? Con cinco millones, cantidad que se le había ocurrido sin más, Becky y ella podían abrir una galería capaz de albergar todas las exposiciones y fiestas que hicieran falta para atraer a los ricos mecenas del arte.

Esta vez sería diferente. Después de todo, la idea del negocio era de Becky, no suya. El plan de Becky podía funcionar a diferencia de todos los grandes planes de Frances.

Necesitaba aquello, necesitaba algo que saliera bien por una vez. Con una inversión de cinco millones de dólares, Becky y ella podían poner a funcionar la galería y ella podría dejar la mansión de los Beaumont, aunque fuera para irse a vivir a un apartamento encima de la galería. Volvería a ser Frances Beaumont y a recuperar el control de su vida.

Lo único que tenía que hacer era ceder ese control durante un año. Más que cederlo, dárselo a Ethan.

Se sintió al borde del desmayo, pero se negaba a delatar el pánico que sentía. Mantuvo la serenidad y guardó el miedo en su interior.

–¿Y bien? –preguntó Ethan.

Por su tono cauto, no parecía estarle pidiendo una respuesta.

Además, también estaba la reacción que le provocaba aquel hombre. Todo aquello era bastante civilizado, toda aquella charla acerca de excluir sexo y sentimientos. Pero eso no cambiaba el hecho de que Ethan era todo un ejemplar. Era capaz de hacerle temblar y estremecerse con un ansia que hacía mucho tiempo que no sentía.

Aunque todo eso no importaba.

—No creo en el amor —anunció, para ver cómo reaccionaba.

—¿Ah, no? Resulta extraño en una mujer de su edad y belleza.

Frances puso los ojos en blanco.

—Solo se lo digo porque si está pensando en que conseguirá que lo ame con el tiempo, será mejor que lo olvide cuanto antes.

Había visto lo que la gente era capaz de hacer por amor, cómo hacían grandes promesas con intención de cumplirlas hasta que en su camino se cruzaba otra cara más bonita. A pesar del cariño que había profesado por su padre, no se le habían pasado por alto sus ojos y manos inquietos. Sabía perfectamente lo que le había pasado a su madre, Jeannie, solo porque había creído que con el amor podría domar al indomable Hardwick Beaumont.

—No sueño con eso.

—No me enamoraré de usted —le aseguró ella, poniendo la mano encima de la suya—. Y le recomiendo que no se enamore de mí.

—Espero que, al menos, pueda haber admiración entre nosotros —dijo, tomándola de la mano.

Frances volvió a reparar en su cuerpo. No era deseo. Ella era una enamorada del arte y estaba admirando su complexión.

–Supongo que sí.

Nunca se había imaginado casada. Nunca había querido unirse a alguien. Recientemente, su hermano Phillip había celebrado una boda de cuento de hadas que habría sido como a ella le habría gustado si hubiera querido casarse. Pero no era así.

–Creo que deberíamos dar la impresión de que estamos siendo arrastrados por el torbellino de la pasión. Además, deberíamos tutearnos.

–Estoy de acuerdo.

–Casémonos en dos semanas.

Al oír aquello, empezó a hiperventilar. ¿Qué dirían sus hermanos, que era una más de su larga lista de proezas?

Chadwick se pondría más serio que de costumbre. ¿Y Matthew? Él era quien siempre insistía en que se comportaran, sonrieran a las cámaras y se comportaran como una gran familia feliz. ¿Qué diría cuando se enterara de que iba a casarse?

También estaba Byron, su hermano gemelo. Siempre había creído que le conocía mejor que nadie y viceversa. Pero en cuestión de semanas, se había convertido en un hombre casado con un hijo y otro en camino. Bueno, si alguien entendería su repentino cambio de opinión acerca de su estado civil, ese sería Byron.

Todos los demás, especialmente Chadwick y Matthew, tendrían que asumirlo. Era su vida y podía hacer con ella lo que quisiera, incluso casarse con Ethan Logan.

Capítulo Seis

Ethan no sabía si se debía al vino o a aquella mujer, pero durante el resto de la cena se sintió aturdido.

Iba a casarse con Frances Beaumont en dos semanas.

Era estupendo. Todo iba según el plan. Iba a demostrarle al mundo que los Beaumont estaban detrás de la reestructuración de la cervecera Beaumont y con ello se ganaría la simpatía de muchos.

Sí, era un plan estupendo. Solo había un inconveniente.

Frances se echó hacia delante y se quitó la chaqueta. Al ver sus hombros desnudos, una oleada de deseo lo invadió. Nunca había sentido una atracción tan fuerte.

Sus relaciones anteriores se habían basado en sentirse acompañado. Desde luego que el sexo había sido un plus, y las mujeres con las que había salido habían sido encantadoras. Pero Frances le hacía reaccionar de una manera diferente. Algo amenazaba con liberarse en su interior.

Lo cual era ridículo. Él estaba al mando y tenía el control de todo: de la situación, de sus deseos…

Bueno, quizá de sus deseos no, no al ver a Frances echarse hacia delante y mirarlo a por entre sus pestañas. No debería afectarle, pero así era.

–Bueno, ¿empezamos?

–¿A qué?

No supo a qué se refería hasta que extendió el brazo y le acarició la barbilla. Luego, le ofreció su mano y no le quedó más remedio que tomársela.

–Algo sé acerca de cómo comportarse en público. Hemos tenido un buen comienzo en tu oficina y ahora estamos cenando en un sitio público. Vuelve a besarme la mano.

Él obedeció y se llevó su mano a los labios, percibiendo el aroma de un perfume caro y del propio sabor de Frances.

Al levantar la vista, la encontró con una sonrisa radiante. Pero no era auténtica, incluso él se daba cuenta.

–Así que, ¿te parece bien que te bese la mano?

Apenas apartó la mano de su boca. No quería.

¿En qué momento había perdido la cabeza de aquella manera? ¿Cuándo se había sentido tan abrumado por un deseo tan puro? Tenía que dejar de pensar con la bragueta y concentrarse. Había prometido que el sexo no formaría parte del acuerdo. Tenía que mantener su palabra o el acuerdo acabaría antes de empezar.

–Sí, claro –dijo dándole la vuelta a su mano para acariciarle el labio con el dedo pulgar–. Supongo que todavía hay algunas cuestiones que aclarar.

¿Como cuáles? La sangre le corría acelerada por las venas, elevando el deseo que sentía hasta casi provocarle dolor. En su mente, se formaron unas imágenes con Frances sobre una mesa.

Tomó su dedo en la boca y lo chupó, pasándole la lengua por el borde de su uña perfectamente cuidada. Las pupilas de Frances se dilataron, hasta que apenas se veía el color azul verdoso de sus ojos. Bajo la tela de su vestido, le pareció adivinar que sus pezones se habían endurecido. Sí, una mesa, una cama... cualquier superficie plana le serviría. Aunque tampoco hacía falta que fuera plana, también se podía tener buen sexo de pie.

Soltó su dedo y volvió a besarle la mano.

—¿Quieres que nos vayamos de aquí?

—Sí —susurró.

Tardaron unos minutos más en pagar la cuenta, durante los cuales cada vez que lo miraba, Ethan sentía que la sangre le bombeaba con más fuerza. ¿Cuándo se había sentido invadido por un deseo tan fuerte? ¿Cuándo un simple acuerdo de negocios se había convertido en una batalla épica?

Ella se levantó y entonces se dio cuenta de que el vestido tenía un gran escote en la espalda. Tenía a la vista una amplia extensión de la piel suave y lisa de su espalda. Deseó acariciarla y sentir su cuerpo estremecerse bajo sus manos.

No quería que se cubriera aquella piel tan bonita con la chaqueta y, por suerte, no lo hizo.

—¿Me puedes llevar la chaqueta? —dijo ella mientras le ayudaba con la silla para que se levantara.

—Por supuesto.

Dobló la chaqueta sobre un brazo y le ofreció el otro.

Ella se apoyó en él y sus preciosos rizos pelirrojos rozaron su hombro.

—¿Alguna vez has jugado al fútbol o naciste así? —preguntó, recorriendo su brazos con las manos.

Había algo que debía recordar de Frances, algo

53

importante, pero no podía pensar en nada que no fuera el vestido verde del día anterior y lo guapa que estaba en aquel momento. Sus caricias tampoco le ayudaban a concentrarse.

—Sí, jugaba. Me concedieron una beca para jugar en la universidad, pero me destrocé una rodilla.

Recorrieron el pasillo que separaba el restaurante del hotel. Luego, girarían a la izquierda para tomar el ascensor. Un hombre podía pasar muchos apuros en un ascensor.

Pero ni siquiera llegaron al ascensor. En cuanto estuvieron en el centro del vestíbulo, Frances le acarició el pecho y deslizó una mano bajo su abrigo. Al igual que el día anterior en la oficina, su roce le quemaba.

—Vaya, eso suena muy mal —dijo aferrándose a su camisa y atrayéndolo hacia ella.

El ruido del vestíbulo desapareció hasta que lo único que quedó fue el roce de su mano y los latidos de su corazón.

Él se volvió hacia ella y bajó la cabeza.

—Terrible —convino él, aunque ya no sabía de qué estaban hablando.

Lo único que sabía era que iba a besarla.

Sus labios se encontraron. Al principio el beso fue vacilante, pero luego, Frances abrió la boca y el control que Logan llevaba años manteniendo, ese control que lo había convertido en un hombre de negocios sensato con millones en el banco, desapareció.

Enredó las manos en su pelo y la atrajo hacia su boca para poder saborearla mejor. De repente, cayó en la cuenta de que estaban en medio de la gente, aunque no recordaba muy bien dónde.

Se oyó un silbido y después otro, acompañado de unas risas.

Frances se apartó. Su exuberante pecho subía y bajaba al ritmo de su respiración y sus ojos brillaban de deseo.

–Tu *suite* –susurró, y se pasó la lengua por los labios.

–Sí, claro.

Podía haberle pedido que saltara de un avión a treinta mil pies de altura que lo habría hecho, siempre y cuando se hubiera tirado con él.

De alguna manera, a pesar del lío de brazos y chaquetas, llegaron a los ascensores y se metieron en uno. Había más personas esperando, pero nadie quiso acompañarlos.

–Lo siento –dijo Frances dirigiéndose a los demás huéspedes del hotel–. Enseguida lo mandaremos de vuelta –añadió mientras las puertas se cerraban y se aislaban del resto del mundo.

Entonces se quedaron a solas. Ethan deslizó las manos por su espalda desnuda hasta aferrarse a su trasero.

–¿Por dónde íbamos?

–Por aquí –murmuró ella, besándolo en el cuello, justo por encima de la camisa–. Y por aquí –dijo estrechando su cuerpo contra el de él.

–Dios, sí –gimió, tomándola de los rizos para que echara la cabeza hacia atrás–. ¿Cómo he podido olvidarlo?

No le dio tiempo para responder y le devoró los labios con la boca. En aquel pequeño habitáculo solo era consciente de su deseo por ella y, por la manera en que lo besaba, de su deseo por él.

Le gustaba el sexo, siempre le había gustado. Siempre había considerado que se le daba muy bien, pero nunca había estado tan excitado. No recordaba haberse sentido nunca tan consumido por el deseo. No podía pensar con Frances jadeando junto a sus labios mientras arqueaba la espalda oprimiendo sus pechos contra su cuerpo.

Ethan empezó a deshacerle el nudo del cuello, pero ella le tomó la mano y se la mantuvo a la altura de la cintura.

—Ya casi hemos llegado —dijo con tono inocente—. ¿No puedes esperar un poco más?

«No».

—Sí.

El amor y el sexo, al igual que el matrimonio, eran una cuestión de paciencia. Nunca había encontrado un instante de gratificación en ello. Había esperado a cumplir dieciocho años antes de perder la virginidad como una especie de prueba. Todos los demás iban rápido, pero Ethan era diferente. Él podía resistir al fuego.

Al contonearse Frances de nuevo, dejó escapar un jadeo por la dulce agonía que lo estaba consumiendo. Su contacto, aunque fuera a través de la ropa, lo abrasaba. Por primera vez en su vida, deseó bailar entre llamas.

El ascensor se detuvo.

—¿Ya hemos llegado? —preguntó Frances con voz temblorosa.

—Por aquí —contestó Ethan, tomándola de la mano y tirando de ella.

Quizá no fuera una manera muy caballerosa de comportarse, teniendo en cuenta aquellos zapatos imposibles que llevaba, pero no pudo evitarlo. Si no podía andar, la llevaría en brazos.

Su suite estaba al final del largo pasillo.

El único sonido que rompía el silencio eran los latidos en sus sienes al tirar de Frances casi corriendo. Cada paso le resultaba tan doloroso como placentero. La erección le impedía hacer nada que no fuera caminar o correr.

Después de lo que se le hizo un recorrido interminable, llegaron hasta su puerta. Todavía tardó unos segundos más hasta que consiguió hacer que la tarjeta funcionara. Una vez abrió, tiró de Frances hacia el interior y cerró la puerta, acorralándola allí mismo. Ella se aferró a su camisa y lo atrajo.

Debía de quedarle todavía una neurona funcionando, porque en vez de arrancarle el vestido para disfrutar de su cuerpo, le preguntó qué quería.

Cualquier cosa que quisiera, le parecería bien.

De repente, ella esbozó una sonrisa y lo apartó, empujándolo por el pecho.

–¿Cualquier cosa?

En su voz había deseo. Quizá quería que la atara o que lo atase. Fuera lo que fuese, estaba dispuesto a hacerlo.

–Sí.

Trató de besarla de nuevo, pero se lo impidió. Era una mujer fuerte para su tamaño.

–Me pregunto qué habrá en la televisión.

***

Tuvo que hacer acopio de toda su fuerza de voluntad para empujar a Ethan y apartarse de la puerta. Luego, se obligó a caminar como si tal cosa hasta la cómoda en la que estaba la televisión de pantalla plana y tomó el mando a distancia. Sin molestarse en mirar a Ethan, se echó en la cama. Una vez encendió la televisión y se incorporó sobre los codos, lo miró.

Se había quedado apoyado en la puerta, con la chaqueta a medio quitar. Parecía como si lo hubiera atacado y, aunque no recordaba claramente los detalles, así había sido.

Volvió su atención a la televisión y empezó a pasar canales sin apenas reparar en lo que estaba en pantalla. Lo único que había pretendido había sido montar un pequeño espectáculo. Si iban a casarse en dos semanas, tenían que empezar a llamar la atención desde aquel mismo momento. Ella era inconfundible por su melena pelirroja y Ethan tampoco pasaba desapercibido. La gente sacaría sus conclusiones y empezaría a hacer comentarios.

Durante la cena, al acariciarle la mejilla, se había imaginado los titulares: Tórrido romance entre una heredera Beaumont y el nuevo presidente de la cervecera. Eso era lo que Ethan quería, que pareciera que los Beaumont apoyaban su gestión. Aquello no era más que una estrategia de marketing.

A excepción de la manera en que la había besado.

En algún punto entre el momento en que le había chupado el dedo y el beso en el vestíbulo, el juego al que habían estado jugando había cambiado.

Se suponía que todo era parte del espectáculo, pero la manera en que la había acorralado contra la puerta en aquella bonita habitación, la forma en que con su voz profunda le había suplicado que le dijera lo que quería…

Aquello no había sido ningún juego ni había formado parte del espectáculo.

Lo único que había impedido que perdiera la cabeza era saber que no la deseaba. Sí, claro que la deseaba desnuda, pero no deseaba a la Frances complicada y algo perdida. No podía permitir que sus caricias nublaran su pensamiento.

—¿Qué estás haciendo?

—Viendo televisión —contestó ella, lanzando los zapatos al aire—. ¿Por qué? ¿Qué otra cosa podemos hacer? —dijo esforzándose en parecer desinteresada.

—No quisiera parecer muy directo, pero ¿y el sexo?

Frances no pudo evitar dirigir la mirada hacia el bulto de sus pantalones, el mismo que había sentido al estrecharse contra él en el ascensor.

La idea de desabrocharle los pantalones y liberar aquel bulto la hizo estremecerse. Rápidamente, volvió la mirada hacia la pantalla.

—Vamos —respondió en tono evasivo.

En aquel momento, el único sonido era la respiración entrecortada de Ethan y la voz de un vendedor en la televisión hablando de unas bayetas.

—Entonces, ¿de qué iba todo eso?

—Estaba tratando de impresionar —respondió sin mirarlo.

—¿Y a quién intentábamos impresionar en el ascensor?

Frances se esforzó en poner una expresión inocente, que hubiera resultado convincente de no ser porque sus pezones seguían erectos bajo la tela del vestido.

–Digamos que ha sido una prueba.

Ethan se colocó delante de la televisión, con los brazos en jarras.

–¿Una prueba?

–Ha sido convincente. Me refiero a esta relación que fingimos tener –explicó–. Pero el sexo no es parte del acuerdo. ¿No estarás pensando en echarte atrás, verdad?

Era un riesgo y lo sabía. Había muchas maneras en las que un acuerdo podía romperse, especialmente cuando el sexo entraba en juego.

Sintió su mirada en el rostro e hizo todo lo posible para no sonrojarse. Se volvió hacia el otro lado. No tenía ni idea de qué había en la televisión. Todos sus sentidos estaban puestos en Ethan.

Sería muy fácil cambiar de opinión y decirle que había pasado la primera prueba y que tenía otra en mente, una que implicaba llevar menos ropa. Podría descubrir qué había tras aquel bulto y si sabía bien cómo usarlo.

Podría disfrutar de unos minutos en los que no se sintiera tan sola y desorientada y perderse con Ethan. Pero sería solo eso, unos minutos.

Una vez que el sexo acabara, volvería a ser la Frances desempleada y sin blanca. ¿Y Ethan? Seguramente se casaría con ella y la ayudaría a montar su galería de arte. Pero la conocería de una manera demasiado íntima y personal.

No era una virgen tímida y servil. Pero tenía

que pensar a largo plazo para recuperar su prestigio y el del apellido Beaumont, y causar el mayor daño posible a los nuevos dueños y directivos de la cervecera.

Así que allí estaba ella, tratando de fastidiar a Ethan, a pesar de la sensación que se extendía desde la entrepierna hasta los pezones y que no dejaba de ser una tortura.

Mientras esperaba, se dio cuenta de que estaba conteniendo la respiración. ¿Anularía el acuerdo? No, no lo creía. No siempre se le daba bien juzgar a los hombres, pero estaba segura de que Ethan no la demandaría por acoso alegando que lo estaba provocando. Era demasiado noble como para hacer eso.

Era curioso. Antes de ese momento, no se había parado a pensar en que fuera noble, pero lo era.

Ethan murmuró algo que sonó como una maldición antes de apartarse de su campo de visión. Luego, oyó la puerta de cuarto de baño cerrarse.

El marcador iba dos a uno, a favor de Frances. Cambió de postura. Lo único malo era que aquella victoria estaba adquiriendo la forma de frustración sexual.

Frances acababa de dar con un partido de baloncesto cuando Ethan abrió la puerta del baño. Salió con unos pantalones y una sencilla camiseta blanca, se acercó al escritorio que estaba junto a la ventana y encendió el ordenador.

–¿Cuánto tiempo tienes que estar aquí? –preguntó con tono distante.

–Eso tenemos que hablarlo –contestó ella mirándolo–. No he traído ropa.

Aquello llamó su atención.

–No te quedarás a pasar la noche, ¿verdad?

Le pareció reconocer cierto tono de pánico en su voz. Se sentó sobre las piernas y colocó los pies bajo su falda.

–No, creo que todavía no. Pero quizá la próxima semana sí. Solo por cuidar las apariencias.

Ethan se quedó mirándola unos segundos más antes de llevarse las manos a los ojos.

–Me parece una buena idea.

Casi se sentía mal por él.

–Tendremos que cenar en público mañana otra vez. Deberíamos hacerlo cuatro o cinco veces durante las próximas dos semanas. Entonces, empezaré a quedarme a dormir y…

–¿Aquí? –dijo, reparando en que solo había una cama y un sofá–. ¿No debería ir a tu casa?

–Creo que no.

Lo último que necesitaba era andar desfilando por la mansión de los Beaumont con su falso futuro marido. Solo Dios sabía lo que Chadwick sería capaz de hacer si se enteraba de aquella farsa.

–No –continuó–. Deberíamos movernos en ambientes públicos. El hotel es un sitio perfecto.

–Bueno –dijo él recostándose en su asiento–. Eso será por las noches. ¿Y por el día?

Frances se quedó pensativa.

–Iré a tu despacho un par de veces por semana. Diremos que estamos pensando en vender las antigüedades. Los días que no vaya, pídele a Delores que me mande flores.

–¿De veras? –preguntó enarcando una ceja.

–Me gustan las flores y tú tienes que parecer

atento y cariñoso, ¿verdad? Aunque sea un matrimonio fingido, me gusta ser cortejada.

–¿Y qué dices que consigo con esto?

–Una esposa –respondió Frances–. Y una galería de arte –añadió sonriente.

Ethan le dirigió una mirada tan dura que sintió que se encogía.

–Así que –continuó ella para evitar que la conversación volviera a versar sobre sexo–, háblame de esta relación a distancia en la que se va a convertir nuestro matrimonio.

–¿Cómo?

–Durante la cena me dijiste que has conocido relaciones a distancia funcionar muy bien. Personalmente, nunca he visto que una relación funcione bien, independientemente de la distancia.

Se hizo un silencio entre ellos. De fondo se oían los silbidos y gritos del partido que había en la televisión.

–No es importante –dijo él por fin–. Está bien. Durante las dos próximas semanas, no nos separaremos. Después nos casaremos, ¿y luego?

–Supongo que tendremos que mantener las apariencias durante un mes más o menos.

–¿Un mes?

–Más o menos –dijo pacientemente–. Ethan, ¿quieres que esto resulte convincente? Si dejamos de vernos al día siguiente de casarnos, todo el mundo creerá que se trata de un reclamo publicitario.

Ethan saltó de su silla y empezó a dar vueltas.

–Mira, cuando dije a distancia, no me refería a tener que estar continuamente juntos.

–¿Es eso tan terrible?

—Solo si sigues besándome como lo has hecho en el ascensor.

—Puedo dejar de besarte, pero tendremos que pasar tiempo juntos —replicó ella cruzándose de piernas—. ¿Crees que es posible? Al menos, tenemos que ser amigos.

Él le dirigió una mirada entre enfado y deseo, pero no de amistad.

—Si no puedes, todavía podemos cancelar nuestro acuerdo. Habrá sido una aventura de una noche y los dos diremos a la prensa eso de «no hay comentarios». Tampoco pasa nada —añadió ella encogiéndose de hombros.

—Claro que pasa. Cuando entre en la cervecera con todo el mundo creyendo que he pasado una noche contigo para luego hacerte a un lado, me colgarán de los pies.

—Les caigo bastante bien a los empleados —comentó ella—, y esa es la razón por la que se te ocurrió este plan, ¿verdad?

Ethan se quedó mirando el techo y de nuevo maldijo entre dientes.

—Me pareció una buena idea.

—Hasta los mejores planes pueden tener sus fallos —comentó ella—. ¿Y bien?

Él siguió dando vueltas por la habitación y Frances le dejó pensar. No sabía qué prefería que eligiera.

Entre ellos, se había establecido una ardiente pasión que la había hecho derretirse de una manera que hacía mucho tiempo que no sentía. La habían besado antes, pero sentir la boca de Ethan junto a la suya, su cuerpo contra el suyo…

Necesitaba el dinero, necesitaba ese nuevo comienzo que solo un socio capitalista le podía facilitar. Necesitaba volver a sentir el poder y el prestigio que conllevaba el apellido Beaumont Necesitaba recuperar su vida.

Lo tenía todo al alcance de la mano. Todo lo que tenía que hacer era casarse con un hombre al que había prometido no amar. ¿Tan difícil era? Probablemente incluso se acostaría con él, sin que el amor formara parte de la ecuación.

—Nada de besos en el ascensor.

—De acuerdo.

Tenía que admitir que había disfrutado despertando su deseo.

—¿Qué hace la gente en esta ciudad los domingos por la tarde?

Aquello era un sí. Obtendría la financiación que necesitaba, daría lugar a titulares y volvería a estar en la cima del mundo.

—Tenemos que tomárnoslo con calma mañana. Hay que dejar pasar un tiempo para que los rumores empiecen a correr.

Ethan la miró y, por primera vez en la cena, sonrió. Incluso parecía una sonrisa sincera.

—¿Debería preocuparme de que sepas manipular a la prensa tan bien?

—Forma parte del hecho de ser una Beaumont. Me iré en cuanto este partido acabe. Iré a verte el lunes a la oficina, ¿de acuerdo?

—De acuerdo.

Ninguno de los dos hizo amago de estrechar las manos. Parecía que no querían tentar a la suerte rozándose de nuevo.

Capítulo Siete

—¿Becky? No te lo vas a creer —dijo Frances.

Estaba delante del armario, eligiendo entre el vestido rojo o algo más recatado. No le gustaba ir sobria, pero con el presupuesto con el que contaba, era necesario.

—¿El qué? ¿Es algo bueno?

Frances sonrió. Becky se excitaba con facilidad. Casi podía oír los movimientos de su amiga.

—Buenísimo. He encontrado un inversor.

Becky se puso a gritar y Frances tuvo que apartarse el teléfono de la oreja, mientras seguía pasando perchas. Necesitaba algo sexy sin que pareciera exagerado. El vestido rojo era demasiado para ir un lunes a una oficina.

—¿Sigues ahí?

—Dios mío, esto es emocionante. ¿Cuánto está dispuesto a invertir?

Frances se preparó para oír más gritos.

—Hasta cinco.

—¿Cinco mil?

—Cinco millones.

Rápidamente se quitó el auricular del oído, pero no oyó nada. Con cautela, volvió a acercárselo.

—¿Becky?

—Creo que no te he oído bien —dijo con una risita nerviosa—. Te he entendido…

—Cinco millones –repitió Frances.

Justo acababa de dar con su mejor traje, un Escada. Era de corte conservador, al menos según su criterio, con una falda lápiz hasta la rodilla y una chaqueta corta con un pequeño volante en la cintura. Era el color, un rosa encendido, lo que hacía que no pasara desapercibido.

Sí, ese era el traje perfecto, profesional a la vez que llamativo, así que lo sacó.

—¿Pero… cómo? ¿Cómo? ¿Tus hermanos?

Frances rio. Nunca había visto a Becky quedarse sin palabras.

—Oh, no. Ya sabes que Chadwick no me da nada desde mi último fracaso. Se trata de un nuevo inversor.

—¿Es mono?

Frances frunció el ceño, a pesar de que Becky no podía verla. No le gustaba ser predecible.

—No.

Y no era una mentira.

Ethan no era mono. Estaba entre apuesto e impresionante. No era lo suficientemente guapo como para ser impresionante porque tenía unas facciones duras, demasiado masculinas. Tampoco era simplemente guapo porque irradiaba una gran sensualidad.

—¿Y bien? –preguntó Becky.

—Es… agradable.

—¿Te estás acostando con él?

—No, no se trata de eso. De hecho, no tiene nada que ver con el sexo.

En su mente se formaron unas imágenes que contradecían aquel comentario, en las que Ethan la echaba sobre una mesa, le subía la falda, le bajaba las medias y…

Becky interrumpió aquel pensamiento.

—Frannie, no quiero que cometas ninguna estupidez.

—No lo haré —prometió—. Pero tengo una reunión con él mañana. ¿Cuánto tardarás en ajustar el plan de negocios con una inversión de cinco millones de dólares?

—Eh… Ya te llamaré para decírtelo.

—Gracias, Becky.

Frances colgó y acarició la lana del traje. Aquello no era una estupidez. Era un matrimonio con un objetivo que iba más allá de fundar una galería de arte. Lo que pretendía era devolver a los Beaumont el control de su propio destino o, más bien, devolvérselo a ella. Tenía que superar aquel bache en el que se encontraba. Necesitaba que su nombre volviera a significar algo, necesitaba sentir que había hecho algo por la familia en vez de ser un lastre.

Casarse con Ethan conllevaba muchas cosas diferentes, eso era todo.

Los otros hombres que le habían propuesto matrimonio, también la habían querido por lo que representaba, por el apellido y la fortuna Beaumont, pero no por ser ella. Habían buscado la apariencia de perfección que proyectaba.

¿Qué había diferente en Ethan? Había sido muy claro en sus intenciones. Nada de palabras dulces acerca de lo especial que era. Había sido una negociación franca y eso le resultaba estimulante. No quería oír mentiras ni que intentara enamorarla.

No había mentido. No se enamoraría de él.
Así era como tenía que ser.

—Delores —dijo Frances al llegar a la recepción—. ¿Está Ethan, digo, el señor Logan?

Trató de ruborizarse con aquella pretendida confusión, pero no supo si lo consiguió.

Delores le dirigió una mirada indescifrable por encima de sus gafas.

—¿Has tenido un buen fin de semana, verdad?

Aquella era la confirmación de que había conseguido su propósito con el espectáculo que había montado en el hotel. La gente la había reconocido y habían empezado a hacer comentarios. También se había dicho algo en Internet, pero Delores no era una mujer que hiciera uso de las redes sociales. Si se había enterado de la supuesta cita, probablemente el resto de la empresa conociera todos los detalles.

—Ha sido maravilloso. Creo que Ethan no es tan malo.

Aquello no lo tenía planeado. De hecho, besar a Ethan le había resultado bastante agradable.

Delores resopló.

—Pero sí lo suficiente.

—¡Delores!

Esta vez se ruborizó sin pretenderlo. ¿Qué estaría pensando aquella mujer madura?

—Sí, está en su despacho —dijo llevando la mano al intercomunicador.

—¡No! Quiero darle una sorpresa.

—Sí, si estamos todos sorprendidos —oyó que decía Delores entre dientes al abrir la enorme puerta de roble.

Ethan estaba sentado en el escritorio de su padre, con la cabeza hundida en el ordenador. Estaba en mangas de camisa y tenía la corbata aflojada. Al abrirse completamente la puerta, alzó la vista, pero en vez de sorprenderse al verla, pareció alegrarse.

–Ah, Frances –dijo poniéndose de pie.

No quedaba ni rastro de la tensión que había visto en su rostro dos días antes. Rodeó la mesa sonriendo con calidez para saludarla y reparó en que no la tocó, ni siquiera para darle la mano.

–Estaba esperándote.

A pesar de la ausencia de contacto físico, sus ojos repararon en su traje rosa. Dio una pequeña vuelta para él, como si necesitara su aprobación, aunque ambos sabían que no.

–Empiezo a pensar que el vestido negro es el atuendo más recatado que tienes.

Frances sintió que se ruborizaba. Por un instante, había pensado que la besaría en la mejilla, pero no lo hizo.

–Creo que no te equivocas –dijo, y se sentó en uno de los sillones de cuero–. Bueno, ¿has oído los comentarios?

–He estado trabajando. ¿Ha habido comentarios?

Frances rio.

–Eres encantadoramente ingenuo. Claro que los ha habido. ¿Acaso no te ha mirado Delores de la misma manera que a mí?

–Bueno… –dijo tirándose del cuello de la camisa como si de repente hubiera encogido–. Esta mañana ha sido casi cortés conmigo. Pero no sabía que fuera por nosotros o por algo en concreto. Pensé que había pasado un buen fin de semana.

«A diferencia de algunos de nosotros».

Ella sonrió y se cruzó de piernas como pudo con aquella falda tan estrecha.

—Independientemente de la vida privada de Delores, sabe que cenamos a solas. Y si Delores lo sabe, el resto de la empresa también. Ha habido varias menciones en las redes sociales e incluso una reseña en la versión *online* del *Denver Post*.

—¿Todo eso solo por una cena? Estoy impresionado.

Ella se encogió de hombros, como si fuera algo normal. En cierta manera, para ella lo era.

—Ahora estamos aquí.

—¿Y qué deberíamos estar haciendo? —preguntó él, enarcando una ceja.

Frances sacó el ordenador de su bolso.

—Te doy a elegir. Podemos hablar de arte o de galerías. He preparado un informe para los potenciales inversores.

Ethan soltó una carcajada.

—Debería dejar de sorprenderme contigo, ¿verdad?

—Pues sí —convino—. Lo cierto es que comparada con mis hermanos, no soy tan sorprendente.

—Háblame de ellos —dijo sentándose a su derecha, a una distancia prudencial—. Al fin y al cabo, se van a convertir en mi familia política. ¿Me los presentarás?

No se imaginaba que los Beaumont recibirían a Ethan con los brazos abiertos.

71

–Parece inevitable. Tengo nueve hermanos de los cuatro matrimonios de mi padre. Mis hermanos mayores saben de otros hijos ilegítimos, lo cual no es de extrañar –comentó, encogiéndose de hombros como si fuera lo más normal.

Al menos, para ella lo era. Matrimonios, hijos, más hijos,… y el amor no tenía nada que ver en todo aquello.

Quizá durante una época, siendo la niña ingenua e inocente que jugueteaba en aquel mismo despacho, había creído que su padre la quería, así como su madre y sus hermanos. Había pensado que formaban una familia.

Pero había llegado un día en el que había descubierto que sus padres no eran felices. Había sido imposible ignorarlo con todos aquellos gritos, platos al aire y portazos.

Entonces, un viernes de donuts, al entrar con las cajas en el despacho de su padre, lo había pillado besándose con una mujer que no era su madre.

Se había quedado allí, sin saber si gritar o llorar para liberar la ira y el dolor que oprimían su pecho. Al final, no había hecho nada, al igual que Owen, el conductor que la había llevado y que cargaba con las cajas de donuts. No había querido que su padre se enterara de lo mucho que le dolía su traición ni que su madre descubriera que ya sabía el motivo de sus peleas.

Pero lo sabía. Tampoco podía comentarlo. Si le decía algo a su padre, si le preguntaba por qué estaba besando a aquella secretaria que siempre había sido tan amable con ella, temía que la hiciera a un lado como había hecho con su madre.

Así que no había dicho nada. Había repartido los donuts con su mejor sonrisa, porque eso era lo que hacían los Beaumont, poner al mal tiempo buena cara.

Al igual que en aquel momento. ¿Qué más daba que Ethan conociera a su familia? ¿Y qué si sus hermanos reaccionaban a aquel matrimonio con la misma mezcla de sorpresa y horror que ella había sentido aquella mañana gris al entrar en su despacho? Cabeza alta, hombros atrás y sonrisa en los labios. Había fracasado en sus negocios, había perdido su apartamento y no podía encontrar un trabajo. Lo único que le quedaba era aceptar la proposición de un hombre que solo la quería por su apellido.

Daba igual. Cabeza alta, hombros atrás y sonrisa en los labios. Sacó el informe que Becky había preparado el día anterior en un trajín de llamadas nerviosas y correos electrónicos. Al fin y al cabo, Becky era el cerebro de la operación y Frances la que tenía los contactos. Si pudiera darle a Ethan el regalo envuelto…

Una imagen de él sin nada más que un lazo estratégicamente colocado surgió en su cabeza. Rápidamente la apartó y le dio el ordenador.

—Nuestro plan de negocio.

Él comenzó a revisarlo, aunque Frances estaba segura de que apenas estaba reparando en ello.

—¿Cuatro esposas?

—Así es. Como puedes ver, mi socia, Rebecca Rosenthal, ha preparado el diseño del espacio así como un análisis de rentabilidad —dijo inclinándose hacia delante para tocar la pantalla y pasar página–. Aquí hay una muestra de la publicidad que queremos hacer.

–¿Diez hermanos? ¿Qué puesto ocupas?

–Soy la quinta.

No quería hablar de las aventuras de su padre en el que había sido su despacho. Allí era donde había sido un buen padre para ella. Incluso después de haberlo pillado con su secretaria, se había mostrado cariñoso con ella. Al viernes siguiente, le había regalado un bonito collar y, una vez más, había tenido toda su atención durante unos minutos.

No quería estropear aquellos recuerdos.

–Chadwick y Phillip son hijos de la primera esposa de mi padre. Luego, nos tuvo a Matthew y a mi hermano gemelo Byron y a mí con su segunda esposa.

–¿Tienes un hermano gemelo?

–Sí. Es muy protector conmigo.

No dijo nada de que Byron estaba muy ocupado con su nueva esposa y su hijo. Prefería que pensara en cómo se tomarían sus cuatro hermanos mayores aquella boda.

–Todavía quedan cinco.

–Sí. Lucy y Harry son del tercer matrimonio y Johnny, Toni y Mark del cuarto. Los más pequeños tienen veintipocos años. Toni y Mark están todavía en la universidad y, junto con Johnny, siguen viviendo en la mansión Beaumont con Chadwick y su familia.

–Tuvo que ser divertido crecer en un ambiente así.

–No tienes ni idea.

Lo dijo como si tal cosa, aunque divertido no era precisamente la palabra adecuada.

Byron y ella habían ocupado una situación extraña en la familia, a caballo entre la primera generación de hijos de Hardwick Beaumont y la última. Matthew, cinco años mayor que Byron y ella, era coetáneo de Chadwick y Phillip. Y como Matthew era hermano de padre y madre, Byron y Frances habían crecido muy unidos a los Beaumont mayores.

Luego, su primera madrastra, May, se había hecho ilusiones de que su hija Lucy y Frances se convirtieran en grandes amigas. Durante una temporada, había hecho que vistieran igual, a pesar de que Frances tenía diez años y Lucy tres. Lo cual había provocado el efecto contrario. Lucy no podía soportar a Frances y el sentimiento era mutuo.

Con los más jóvenes apenas había tenido relación porque eran prácticamente unos bebés cuando Frances era una adolescente.

Todos eran Beaumont y, por tanto, eso significaba que eran familia.

–¿Qué me dices de ti? ¿Tienes hermanos?

–Tengo un hermano pequeño y ningún padrastro o madrastra, una vida bastante normal.

Por la manera en que lo había dicho, no sonaba del todo cierto.

–¿Estáis unidos? Me refiero a tu familia –dijo, y al ver que no contestaba, añadió–: Al fin y al cabo, van a ser mi familia política.

–Mantenemos el contacto. Lo peor que puede ocurrir es que a mi madre se le ocurra venir de visita.

¿Se había referido a eso cuando había hablado de relaciones a distancia?

Ethan decidió cambiar de tema de conversación. No quería que siguiera indagando.

–¿Así que no hablabas en broma cuando decías lo de la galería de arte, verdad?

–Estoy altamente cualificada –dijo, y esta vez sonrió con sinceridad–. Nos gustaría un lugar amplio con espacio suficiente para la escultura y otras formas menos tradicionales, y también para celebrar fiestas. Como ves, una inversión de cinco millones de dólares prácticamente garantiza el éxito. Creo que como inauguración, sería ideal una exposición de antigüedades en esta sala. No quiero subastar estas piezas. Sería demasiado impersonal.

Ethan ignoró la última parte y se concentró en algo que Frances hubiera preferido que pasara por alto.

–¿Prácticamente? ¿Qué experiencia tiene en este tipo de negocio?

Frances se aclaró la voz y descruzó las piernas antes de volverlas a cruzar y echarse sobre Ethan. Esta vez, su intento de distracción no funcionó. O, al menos, no tan bien. Su mirada apenas se posó unos segundos en sus piernas.

–Es una inversión más conservadora que las últimas que he hecho. Además, Rebecca se va a ocupar de la parte empresarial de la galería. Es su fuerte.

–¿Quieres decir que no estarás tú al mando?

–Toda buena empresaria conoce sus limitaciones y cómo compensarlas.

–Cierto –replicó él con una sonrisa en los labios.

De repente, llamaron a la puerta.

–Adelante –dijo Ethan, y Frances no cambió de posición. Aunque no estaba sentada en el regazo de Ethan, por su postura parecían que estuvieran manteniendo una conversación personal.

La puerta se abrió y apareció lo que parecían dos ramos de rosas rojas.

–Las flores que pidió, señor Logan –dijo la voz de Delores desde detrás de los capullos–. ¿Dónde quiere que las ponga?

–En la mesa, aquí –contestó.

Delores no podía ver entre tantas flores, y las dejó en la mesa dc reuniones.

–Son muchas rosas –dijo Frances sorprendida.

Delores sacó una tarjeta del ramo y se la dio.

–Para ti, querida –dijo con una sonrisa de autosuficiencia.

–Eso es todo, Delores, gracias –dijo Ethan mirando a Frances.

Delores sonrió y desapareció. Ethan se puso de pie y llevó las rosas a la mesa de centro mientras Frances leía la nota:

Fran, espero que haya más veladas bonitas junto a una mujer preciosa. E.

No iba en un sobre y, sin duda alguna, Delores la había leído. Era dulce y amable, y Frances no se la esperaba.

Con un nudo en el estómago, Frances se dio cuenta de que lo había subestimado.

–¿Y bien? –dijo Ethan.

Parecía contento consigo mismo.

–No me llames Fran –replicó ella bruscamente.

–¿Cómo quieres que te llame?

–Te dije que me mandaras flores cuando no viniera a la oficina, no cuando estuviera aquí.

–Siempre mando flores después de una primera cita con una atractiva mujer.

Parecía sincero, a pesar de que no cuadraba con cómo había actuado después de que lo dejara a medias.

Lo cierto era que parecía que el tiempo que habían pasado juntos hubiera sido una cita de verdad. Pero ¿acaso importaba?

¿Y si aquello era un gesto considerado? ¿Y si se había acordado de que le había dicho que le gustaban las flores y que quería que la cortejara? A pesar de que las flores fueran preciosas, no podía olvidar que aquello era una transacción empresarial.

–No fue una gran cita. Ni siquiera tuviste suerte.

–Voy a casarme contigo. ¿No es eso ya una suerte?

–Ahórratelo para cuando estemos en público –dijo, y hundió la nariz en las rosas.

Aquella intensa fragancia era su favorita.

Hacía tiempo que nadie le mandaba flores. Se sentía más que halagada. Era un gran gesto, o lo habría sido de ser sincero.

El caso era que Ethan había sido sincero con ella. Había sido muy claro acerca de las razones de su interés por ella.

Pero su atención no era sincera. Aquellas flores eran parte del juego y, tenía que admitir, que estaba haciendo bien su papel.

Aquello la hizo estremecerse, lo cual era ridículo. La sinceridad era otra forma de debilidad que la gente podía emplear para aprovecharse de uno. Su madre había amado con sinceridad a su padre y ¿qué había conseguido? Nada bueno.

En el contorno de los ojos de Ethan aparecieron unas arrugas, como hubiera encontrado divertida su respuesta.

—Muy bien, pues hablando de eso, ¿cuándo volveremos a dejarnos ver en público?

—Mañana por la noche. Los lunes no son días de actividad social. Creo que por hoy, con las rosas está bien.

—¿Pensabas en una cena o tenías otra cosa en mente?

—Salir a cenar está bien por ahora. A ver si se me ocurre algo para el fin de semana.

Él asintió, como si acabara de anunciarle que habían cumplido las expectativas de ventas del trimestre. Luego se puso de pie y le devolvió el ordenador. Al hacerlo, se inclinó sobre ella.

—Me alegro de que te hayan gustado las rosas —le susurró al oído.

Frances sintió que le subía la temperatura.

—Son preciosas —dijo alzando la cabeza.

No había público para aquello, nadie que pudiera verles y murmurar. Allí, en la intimidad del despacho, solo estaban ellos y unas docenas de rosas.

Estaba lo suficientemente cerca como para besarlo. Podía distinguir un matiz dorado en sus ojos marrones que los hacían más cálidos. Tenía una pequeña cicatriz en la nariz y otra en la mejilla. ¿Serían heridas del fútbol o de peleas?

Ethan Logan era un hombre grande y fuerte con grandes y fuertes músculos. Y le había mandado flores.

Podía besarlo, no porque hubiera nadie sino porque quería. Después de todo, iba a casarse con él. ¿No debería sacar algo de aquello, algo más aparte de la galería y de recuperar el orgullo familiar?

Él le acarició la barbilla y le hizo levantar el rostro hacia él. Sintió su cálido aliento en las mejillas.

Mantuvieron aquella postura hasta que Frances decidió besarlo y comenzó a avanzar hacia él. Pero no llegó a hacerlo. Después de unos segundos, Ethan apartó la mano, pero la calidez de su mirada no desapareció. No parecía estarla rechazando.

–De nada –dijo él.

Capítulo Ocho

Lo primero que hizo Ethan el martes por la mañana fue pedirle a Delores que mandara lilas a Frances. Mandar rosas cada día estaba muy manido, y siempre le habían gustado las lilas.

–¿Con algún mensaje?

Ethan se quedó pensativo. Sabía que el mensaje era tanto para Frances como para que Delores se fuera de la lengua. Y, a pesar de lo que Frances había dicho, necesitaban unos motes cariñosos.

–*Pelirroja, hasta esta noche*. Firmado: *E*.

–Entendido, jefe. Por cierto…

Ethan se quedó inmóvil, con la mano en el intercomunicador. Delores le había llamado jefe.

–¿Sí?

–Ha llegado el informe de asistencia. Hoy estamos funcionando a pleno rendimiento.

Ethan se sintió invadido por un sentimiento de victoria. Después de cuatro días, la supuesta aprobación de los Beaumont estaba haciendo maravillas.

–Me alegro de oír eso.

Apagó el intercomunicador y se quedó mirándolo un momento. Pero en vez de concentrarse en la siguiente reestructuración, volvió a pensar en Frances.

Estaba seguro de que no le iba a gustar que la

llamara pelirroja, pero el día anterior, durante un momento, le había parecido que no estaba fingiendo. Se había quedado sorprendida por las flores. En aquel instante, le había parecido vulnerable. Había desaparecido toda hipocresía y se había mostrado agradecida por aquel pequeño detalle que había hecho por ella.

A pesar de la boda, no parecía interesada en una relación duradera. Él tampoco. Pero eso no significaba que a corto plazo, no pudiera haber algo, ¿no? No necesitaba que el fuego ardiera demasiado tiempo, tan solo que lo hiciera con intensidad.

Volvió a apretar el botón del intercomunicador.

—Delores, ¿ha encargado ya las flores?

La oyó decir algo así como «un momento», antes de contestarle.

—Lo estoy haciendo, ¿por qué?

—Quiero cambiar el mensaje. *Pelirroja, estoy deseando que llegue esta noche. Tuyo, E.*

No era un gran cambio, y se sintió estúpido por hacerlo. Volvió a apagar el intercomunicador.

Le sonó el teléfono. Era su socio de CRS, Finn Jackson, el encargado de lidiar con los grandes grupos empresariales y un gran vendedor.

—¿Alguna novedad?

—Solo quería contarte que hay actividad —contestó Finn sin más preámbulos—. Un grupo privado de empresas parece interesado en comprar a All-Bev la cervecera Beaumont. Te acabo de mandar información.

Ethan frunció el ceño. Al instante, el correo electrónico apareció en la pantalla y Ethan leyó el artículo. Por suerte, no criticaban la gestión de CRS. Aquel grupo privado de empresas, ZOLA, había escrito una carta manifestando que la cervecera era una compra poco estratégica para AllBev y que deberían deshacerse de la compañía.

–¿De qué se trata, de una oferta de adquisición? ¿Están los Beaumont detrás?

–Lo dudo –respondió Finn, aunque no parecía muy convencido–. El dueño es Zeb Richards. ¿Te dice algo ese nombre?

–No. ¿Cómo nos afecta a nosotros?

–Creo que se trata de un accionista armando revuelo. Vigilaré la reacción de AllBev, pero no creo que esto te afecte por el momento. Solo quería que conocieras la situación –dijo Finn, y carraspeó–. Podrías preguntarle a tu padre si sabe algo.

Ethan no dijo nada. No estaba dispuesto a mostrar la más mínima señal de debilidad a su padre porque, a diferencia de los Beaumont, la familia no significaba nada para Troy Logan.

–O podrías intentar averiguar si alguien conoce a este tal Zeb.

–Sí, puedo preguntar –replicó, pensando en Frances–. Si te enteras de algo más, dímelo. Preferiría que la empresa no se vendiera hasta que hayamos cumplido el contrato. Daría la impresión de que sería un fracaso de CRS, de que no nos habría dado tiempo a sanear la compañía.

–Estoy de acuerdo –dijo Finn, y colgó.

Ethan se quedó mirando su ordenador sin prestar atención a los archivos. Estaba empezando a hacerse con los mandos de la compañía gracias a Frances.

Le daba la impresión de que la tal ZOLA, fuera lo que fuese, tenía algo que ver con los Beaumont. ¿A quién más le importaba aquella compañía cervecera? Ethan hizo una rápida búsqueda y encontró que se trataba de una empresa de capital privado con sede en Nueva York y un listado de sus inversiones más exitosas, pero poco más. Ni siquiera había una foto de Zeb Richards. Había algo extraño. Podía ser una sociedad instrumental constituida con el objetivo de arrebatarle la cervecera a AllBev y devolverla a manos de Beaumont.

Por suerte, Ethan tenía buenos contactos, aunque tenía que actuar con cautela.

Necesitaba a Frances Beaumont. El que la línea de producción estuviera a pleno rendimiento no se debía a sus habilidades empresariales, por mucho que le costara admitirlo. Se debía a Frances.

Pero, por otro lado, el que su aparición hubiera sido tan repentina justo antes de todo aquel asunto de ZOLA no podía ser una mera coincidencia. Una cosa tenía clara: iba a averiguarlo antes de casarse con ella y antes de extenderle el cheque para aquella gran inversión.

Mandó un recordatorio a sus abogados acerca de proteger su patrimonio y luego reparó en los planes de Frances de abrir una galería de arte. No sabía nada de arte, lo cual era curioso, teniendo en cuenta que su madre era una mujer muy creativa. Como espacio artístico, no significaba nada para él, pero como inversión empresarial…

No tenía inconveniente en darle los cinco millones de dólares. Tenía ese dinero y mucho más en el banco, sin contar sus acciones, bonos y su cláusula de blindaje. Reestructurar compañías era un trabajo muy bien pagado. Era solo que le parecía demasiado… familiar. Al igual que lo era repetir el matrimonio poco ortodoxo de sus padres. No era eso lo que él quería.

Apartó los recuerdos de sus padres, un hombre completamente entregado a los negocios y una mujer muy superficial. Tenía una compañía que dirigir, una sociedad de capital privado que investigar y una mujer a la que cortejar. Y por encima de todo aquello, esa noche tenía una cita.

Aquello no era tan diferente a lo que solía hacer, pensaba Ethan mientras esperaba en la barra de un restaurante de moda. Llegaba a una nueva ciudad, conocía a una mujer con la que dejarse ver y, llegado el momento, pasaba página. Así era su vida.

Por eso no tenía sentido que estuviera disfrutando de su gintonic con más entusiasmo del habitual. Se estaba preparando para otra noche de frustración sexual, eso era todo. Sabía que, a pesar de cómo fuera vestida aquella noche, sería incapaz de apartar la vista de Frances.

Quizá habría sido más fácil si hubiera sido una cara bonita más. Pero no era así. Iba a tener que permanecer sentado mirándola y soportar una batalla dialéctica con su agudo ingenio. Le desafiaba hasta el punto de llevarle al límite de perder el control y eso era algo que no le solía ocurrir. Las mujeres con las que había salido en el pasado eran inteligentes, pero siempre evitaban conversaciones tensas.

Sin embargo, Frances sabía muy bien cómo provocarlo con unas cuantas palabras bien elegidas y una inclinación de cabeza. Con ella, se sentía prácticamente indefenso.

Su único consuelo, aparte de su compañía, era que había conseguido atravesar su coraza por varios flancos.

De repente apareció Frances en la puerta. Llevaba un abrigo blanco anudado en la cintura y con cuello de piel, y un par de botas altas de cuero marrón. Tenía el pelo recogido en un elegante moño adornado con lilas.

Al verlo, esbozó una sonrisa y se soltó el nudo del cinturón del abrigo, dejándolo caer por los hombros.

Su reacción ante lo que debía de ser un calculado gesto para llamar la atención sobre su cuerpo no era normal. Tampoco dejaba ver tanto. Llevaba una falda estrecha marrón y un jersey de color crema. No había nada provocativo en aquel atuendo.

Se la veía muy guapa mientras se acercaba a él. El restaurante se había quedado en silencio y se oían sus tacones en el suelo de madera.

Era incapaz de apartar los ojos de ella.

¿Y si todo fuera diferente? ¿Y si se hubieran conocido en circunstancias diferentes, sin que él estuviera reestructurando la antigua empresa de su familia y ella no necesitara desesperadamente un inversor? ¿Habría ido tras ella? Era una pregunta estúpida. Por supuesto que habría ido tras ella. No solo era un festín para la vista, era la mujer más inteligente con la que se había topado. Aunque fuera difícil de creer, estaba deseando que volviera a arremeter contra él.

Se levantó y la saludó.

–Frances.

Ella se puso de puntillas y le dio un beso en la mejilla.

–¿Qué? ¿No vas a llamarme pelirroja?

Giró un poco la cabeza para contestarla, pero en vez de eso la besó. La besó como había querido hacerlo en su oficina el día anterior. El sabor de sus labios le ardía en la boca como los caramelos de canela que tanto le gustaban a su madre.

No se cansaba de ella y ese era el problema. Se le hacía muy difícil pasar un día o dos sin ella. ¿Cómo iba a soportar un año de matrimonio sin sexo?

Frances se apartó y no se lo impidió.

–Todavía estoy buscando un nombre adecuado para ti –dijo él, confiando en que no fuera evidente lo aturdido que se sentía.

–Sigue intentándolo –replicó, ladeando la cabeza–. ¿Nos sentamos?

Ethan le hizo una seña a la camarera para que los llevara a su mesa.

–¿Qué tal ha ido tu día, cariño? –preguntó Frances como si tal cosa mientras abría la carta.

Aquella pregunta tan natural y carente de insinuación lo pilló desprevenido.

–Lo cierto es que bien. Las líneas de producción estaban hoy a máximo rendimiento. Y sí, tengo que reconocer que el mérito es tuyo.

Quería preguntarle sobre ZOLA y Zeb Richards, pero no lo hizo. Quizá después de la cena y de una botella de vino.

–¿Y el tuyo qué tal?

La camarera los interrumpió y no fue hasta que tomó la comanda que le respondió.

–Bien. Nos hemos reunido con los agentes inmobiliarios para hablar de locales. Becky está muy emocionada con la idea de comprar en vez de alquilar.

Ah, sí, el dinero que le iba a prestar.

–¿Qué tal van las habladurías?

De repente, Frances se echó hacia delante con una sonrisa triunfal en los labios. Aquello no le gustó a Ethan porque no sabía si era auténtica o fingida. Era una pieza más de la armadura, un escudo en aquel juego que estaban jugando. No le estaba sonriendo a él, estaba sonriendo a todos los demás.

–De momento, bien –susurró, a pesar de que no había nadie que pudiera oírlos–. Creo que este fin de semana deberíamos ir a ver un partido de los Nuggets.

No recordaba que hubiera prestado atención al partido de baloncesto del sábado, cuando le había dicho que no iba a acostarse con él.

–¿Eres seguidora?

–Lo cierto es que no –contestó encogiéndose de hombros–. Pero los fanáticos del deporte beben mucha cerveza y los comentarios aumentarán significativamente.

Todo aquello parecía fríamente calculado.

–¿Y después de eso? Creo recordar que dijiste algo de que empezarías a quedarte a dormir a partir de este fin de semana. Claro que no hay inconveniente en que lo hagas antes.

La sonrisa de Frances desapareció y Ethan supo que había vuelto a traspasar sus defensas. Pero el momento fue breve. Frances ladeó la cabeza y lo miró inquisitivamente.

—¿Otra vez intentas cambiar los términos de nuestro acuerdo? Ten un poco de vergüenza, Ethan.

—¿Vas a volver conmigo a la habitación esta noche?

—Por supuesto.

Aunque su voz sonó calmada, sus mejillas se sonrojaron ligeramente.

—¿Vas a volver a besarme en el vestíbulo?

—Supongo que esta vez podrías besarme tú primero. Lo digo por cambiar.

—¿Y el ascensor?

—Estás intentando cambiar las condiciones —murmuró bajando la vista—. Ya lo dejaste bien claro: nada de besos en el ascensor.

Él no respondió. En su momento, le había parecido lo más adecuado, pero en ese instante quería saber si sentía por él lo mismo que a él por ella.

—Me gusta lo que has hecho con las lilas —dijo señalándole el pelo con la cabeza.

Siempre cabía la posibilidad de que no se sintiera atraída por él, de que aquella corriente fuera de un solo sentido. Aquel pensamiento era deprimente.

—Eran preciosas.

—No tanto como tú.

Antes de que pudiera replicar nada a aquello, llegó la comida. Comieron y bebieron mientras fingían con su charla cortés estar coqueteando.

–Después del partido, tendremos que ir a ver a mi familia –dijo ella después de una segunda copa de vino–. Me sorprende que mi hermano Matthew no me haya llamado para darme una charla sobre el apellido Beaumont.

Ethan se sentía ligeramente alterado por el alcohol.

–¿Hay algún problema?

Frances sacudió la mano en el aire.

–Está muy pendiente de nuestra imagen pública. Antes de que aparecieras, era el vicepresidente de marketing. Hacía un gran trabajo.

Frances no lo dijo para marcarse un tanto, pero a Ethan le incomodó el comentario.

–Yo no lo despedí. Ya se había ido cuando llegué.

–Ya, lo sé –dijo ella sirviéndose otra copa–. Se fue con Phillip.

Ethan estaba sopesando aquella información cuando alguien los interrumpió.

–¿Frannie?

Al oír su nombre, Frances abrió los ojos como platos y se enderezó en su asiento. Luego, miró por detrás de Ethan.

–¿Phillip?

Ah, ya lo recordaba. Phillip era uno de sus hermanastros.

Frances se puso de pie mientras un hombre rubio rodeaba la mesa. Iba de la mano de una mujer atlética que vestía vaqueros.

–¡Phillip! ¡Jo! No esperaba veros por aquí.

Phillip besó a su hermana en la mejilla y luego las mujeres se saludaron con un abrazo.

–Una vez al mes salimos a cenar y hemos decidido hacerlo hoy –contestó Phillip antes de volverse hacia Ethan–. Soy Phillip Beaumont, ¿y usted? –añadió tendiendo la mano.

Ethan miró a Frances y se encontró que ambas mujeres estaban observándolos con curiosidad.

–Soy Ethan Logan –respondió dándole un firme apretón de manos.

Trató de retirar la mano, pero no pudo.

–Ah –dijo Phillip, y su sonrisa se ensanchó–. Actualmente está al mando de la cervecera.

La fuerza con la que estrechaba su mano le sorprendió. Ethan se había imaginado que Phillip sería un hombre engreído y mal criado. Pero resultaba intimidante. Era evidente que no tenía reparo en trabajar con las manos. e incluso usarlas para otros propósitos.

–Phillip dirige el rancho Beaumont –dijo Frances en un tono de voz más alto del necesario–. Cría percherones. Y Jo, su esposa, entrena caballos.

Phillip soltó la mano de Ethan para que pudiera estrechársela a Jo.

–Es un placer, señora Beaumont.

–¿De veras? –preguntó Jo para su sorpresa, con una sonrisa que no pretendía ser cortés.

Luego tomó a Phillip del brazo y tiró de él para apartarlo.

–¿Quieren acompañarnos? –ofreció Ethan.

No solo lo decía por cortesía. Estaba decidido a mostrarse encantado ante la repentina aparición del hermano mayor de Frances en mitad de su cita. No quería que pensara que se sentía intimidado.

—No —intervino Jo—. Además, vosotros ya estáis acabando.

—Frannie, ¿puedo hablar contigo en privado? —preguntó Phillip.

Ethan se dio por aludido y se excusó.

—Enseguida vuelvo. Si me disculpas —dijo dirigiéndose a Frances.

—Sí, claro —murmuró, asintiendo.

Al alejarse, lo único que Ethan escuchó fue un gélido silencio.

—¿Qué estás haciendo?

En aquel momento, Phillip se estaba mostrando tan estricto como Matthew. Ya no parecía aquel hermano mayor tan divertido.

—Lo mismo que tú, tener una cita.

A su lado, Jo resopló, pero no dijo nada, simplemente se limitó a observar. A veces, su cuñada la inquietaba. Se mostraba muy reservada y muy atenta a todo. No era el tipo de mujer que se había imaginado como pareja de Phillip.

Pero no era una queja. Phillip había dejado la bebida y, al lado de Jo, se había transformado en otro hombre, un nuevo hombre empeñado en que Frances siguiera los pasos de la familia.

—¿Con el hombre que está a cargo de la cervecera? ¿Estás borracha?

—Mira quién fue a hablar —dijo, y se dio cuenta de que Jo se ponía tensa—. Lo siento —añadió dirigiéndose a Jo y no a Phillip—. Y no, no estoy borracha. Tampoco estoy loca. Sé perfectamente quién es y lo que estoy haciendo.

—¿Y qué es exactamente lo que estás haciendo?

—No es asunto tuyo —respondió con la mejor de sus sonrisas.

Phillip no se dejó amilanar.

—Frannie, no sé qué es lo que crees que estás haciendo. Tal vez estés perdida y acabes fracasando de nuevo o…

—Gracias por el voto de confianza. Te prefería cuando estabas borracho. Al menos, no me tomabas por idiota como todos los demás.

—O —continuó Phillip, negándose a distraerse ante aquel ataque—, tienes pensado hacer algo en la cervecera. ¿Qué demonios crees que estás haciendo?

—No creo que te importe, tú no bebes cerveza ni trabajas en una cervecera. Tú tienes el rancho y a Jo. No necesitas nada.

—Frannie, ¿no estarás haciendo espionaje industrial? —preguntó Phillip tomándola por el brazo.

—Solo intento limpiar el apellido Beaumont. No sé si recordarás, pero nuestro apellido tenía importancia y la hemos perdido.

Inesperadamente, la expresión de Phillip se suavizó.

—No hemos perdido nada. Seguimos siendo los Beaumont. No hay vuelta atrás. Las cosas son mejores ahora.

Aquello era lo más condescendiente que Phillip le había dicho jamás.

—¿Mejor para quién? Para mí desde luego que no.

—Todos hemos pasado página. Chadwick y Matthew tienen su propio negocio. Byron ha vuelto y es feliz. Incluso a los pequeños les va bien. Ninguno de nosotros quiere recuperar la cervecera, si eso es lo que estás intentando.

Un torbellino de emociones amenazó con inundarla. De alguna forma, era lo que deseaba. Quería volver a ser Frances Beaumont.

Frances se volvió hacia Jo, que había estado observando la escena sin parpadear.

–Siento haber interrumpido vuestra velada. De todas formas, Ethan y yo estábamos a punto de marcharnos.

–No te preocupes –dijo Jo.

Frances no sabía si se lo estaba diciendo a ella o a Phillip.

–Déjalo estar, cariño –añadió, tomando del brazo a su marido.

–Mis disculpas. Es solo que me he sorprendido. Había pensado que…

Sabía lo que Phillip estaba pensando y lo que Chadwick, Matthew e incluso Byron pensarían cuando se enteraran.

–Confía en mí, ¿de acuerdo?

Phillip miró por detrás de ella. Incluso sin verlo, supo que Ethan estaba de vuelta. Sentía su presencia y el vello de la nuca se le erizó.

De repente sintió que la tomaba de la cintura, en un gesto que denotaba posesión. Phillip también se dio cuenta.

–Bueno, Logan, un placer conocerle. Frances…

En su tono se adivinaba la advertencia de que tuviera cuidado. Se despidió de Jo con un breve abrazo y besó a Phillip en la mejilla. Ethan mantuvo la mano en la parte baja de su espalda.

–Iré a veros pronto –prometió, como si hubieran estado hablando de eso.

Phillip sonrió, pero no dijo nada más, y se marchó con Jo a su mesa.

–¿Todo bien? –preguntó Ethan sin retirar la mano de su cintura.

–Claro –contestó, deseando recostarse en él.

No era mentira, pero tampoco era cierto. Para alguien que había estado jugando un juego perfectamente calculado buscando el reconocimiento público, Frances parecía sobrepasada por la situación.

Ethan la estrechó contra él, atrayéndola hacia su pecho.

–¿Quieres que nos vayamos?

–Sí.

Ethan la soltó un momento para sacar unos cuantos billetes de cien de la cartera, y en seguida se dirigieron hacia la salida. La ayudó a ponerse el abrigo y después se puso el suyo. Frances sentía la mirada de Phillip desde el otro extremo del restaurante.

¿Por qué se sentía tan rara? No era lo que Phillip pensaba. No era tan ingenua. No estaba traicionando el nombre de la familia, sino rescatándolo. Tenía a sus amigos y familia cerca, y más cerca aún tenía a los enemigos. Eso era todo y no había nada más.

Excepto por la manera en la que Ethan la rodeaba con su brazo mientras salían del restaurante al frío de la noche. Caminaron por la acera solitaria hasta el aparcamiento en el que él había dejado su Jaguar, le abrió la puerta y luego encendió el motor.

No intentó ir más lejos. No lo necesitaba. Simplemente se limitó a alargar el brazo y tomarla de la mano.

Cuando llegaron al hotel, Ethan le dio las llaves al aparcacoches. Entraron al vestíbulo y, esta vez, apoyó la cabeza en su hombro.

No debería sentirse mal ahora que alguien de la familia había reparado en sus intereses, especialmente cuando era Phillip, el antiguo playboy de la familia. No necesitaba su aprobación ni la quería.

De repente se sentía desorientada y, lo que era peor, Ethan se estaba dando cuenta.

No se detuvieron en mitad del vestíbulo ni se besaron como habían planeado. En vez de eso, se dirigieron al ascensor. Mientras esperaban, la tomó por la barbilla con su mano enguantada y la besó.

Maldito fuera, pensó suspirando entre sus brazos. Maldito por ser como era, fuerte, tenaz y bueno en el juego, a la vez que sincero y persistente.

No creía en el amor, tal vez solo en la pasión temporal y en el deseo. No, aquello no era amor, era simplemente atracción. Se sentía atraída por Ethan y él parecía corresponderle. Quizá pudieran llegar a ser amigos. ¿No sería curioso hacerse amiga del que no tardaría mucho en convertirse en su exmarido?

Las puertas del ascensor se abrieron y Ethan puso fin al beso.

–¿Subimos? –preguntó él sin apartar los ojos de ella mientras le acariciaba la mejilla.

¿Por qué tenía que ser así, por qué le estaba dando la impresión de que sentía algo por ella?

–Sí –respondió con voz temblorosa–. Subamos.

Capítulo Nueve

Antes de que pudiera apoyarse en las paredes del ascensor, Ethan la rodeó con los brazos.

Ella se apoyó en su pecho amplio y cálido. ¿Cuándo había sido la última vez que alguien la había abrazado, sin contar los abrazos de su madre? Los hombres querían muchas cosas de ella: sexo, notoriedad, sexo, acceso a la fortuna de los Beaumont y más sexo. Pero nunca un abrazo sin condiciones ni expectativas.

—Estoy bien.

—Estoy seguro de que lo estás. Eres la mujer más fuerte que conozco.

En contra de sus deseos, se relajó entre sus brazos mientras el ascensor seguía subiendo.

—Lo dices para agradarme.

—Claro que no —dijo apartándose lo suficiente como para mirarla a los ojos—. Hablo en serio. Tienes la coraza más dura que he visto en una mujer. No dejas ni un resquicio abierto.

—Ahórratelo para cuando tengamos público.

—No lo digo para que lo oiga nadie, Frances. Lo digo porque es la verdad —replicó, acariciándole la mejilla—. Esto no forma parte del juego.

Frances se quedó sin respiración.

—Pero de vez en cuando —continuó—, algo se filtra a través de la armadura. Es muy sutil, pero se adivina. No estabas preparada para encontrarte con tu hermano y yo por supuesto que tampoco –añadió sonriendo–. Me habría gustado ver qué habrías hecho con él si se hubiera desatado una batalla.

–Es diferente cuando se trata de familia –susurró ella–. Tienes que quererlos mucho, aunque piensen que estás haciendo el ridículo.

Frances sintió que se ponía rígido.

–¿Es eso lo que te ha dicho?

–No, Phillip tiene demasiado tacto como para decirlo. Pero creo que no aprueba lo que hago.

El ascensor aminoró la marcha y las puertas se abrieron en la planta de Ethan, que no hizo amago de salir.

–¿Eso te molesta?

Ella suspiró.

–Venga.

Le costó más esfuerzo del que pensaba apartarse de sus brazos, pero cuando le ofreció la mano, él se la tomó y así avanzaron por el pasillo. Frances esperó a que abriera la puerta y luego entraron en la habitación.

Esta vez, no buscó el mando a distancia y se quedó en medio de aquella suite en la que cada vez iba a pasar más tiempo hasta que se casaran. ¿Y después qué? Iban a tener que buscar un apartamento, ¿verdad? No le agradaba la idea de vivir en una suite de un hotel durante todo un año, y tampoco se imaginaba a Ethan mudándose a vivir con ella a la mansión Beaumont. La sola idea le provocaba escalofríos de terror.

Le quedaba una semana y media para casarse.

Ethan se acercó a ella por detrás y la tomó por la cintura. Se había quitado el abrigo y los guantes, y la ayudó a quitarse el suyo.

No parecía estar actuando, aunque podía estar usando otra estrategia para lograr sus intereses, haciéndole creer que era un hombre decente, una buena persona. Era posible. Quizá pretendiera sacarle información para arrebatar poder o dinero a los Beaumont. Quizá estuviera dándole alas para que subiera más alto y la caída fuera más dura, especialmente después del espectáculo que había montado el viernes con los donuts.

Entonces la rodeó con los brazos y la estrechó contra él.

—¿Te molesta que no aprueben lo que haces, que no les parezca bien lo nuestro?

—Nunca les parece bien lo que hago, pero no te preocupes. Muchas veces el sentimiento es mutuo. Es lo que nos une a los Beaumont.

Trató de que aquel comentario pareciera jocoso, pero no lo consiguió.

—¿Es tu hermano favorito, después de tu gemelo?

—Sí. Phillip siempre organizaba las fiestas más divertidas y me daba cervezas a escondidas. Éramos amigos. Hacíamos todo juntos y nunca me juzgaba. Pero hace tiempo que dejó de beber gracias a su esposa.

—Así que ya no es el hermano que conocías.

Ethan le quitó la lila del pelo y la dejó en la mesa. La mitad de la melena cayó y con la mano, soltó el resto.

—No, supongo que no. Claro que las cosas cambian. Los cambios son lo único que no deja de repetirse.

Lo sabía mejor que nadie. ¿No era así como había crecido? Nunca había habido nada constante ni garantías. Lo único que prevalecería sería el apellido familiar, aunque últimamente había perdido su prestigio.

Inesperadamente, Ethan la besó en el cuello.

—Quítate los zapatos —le ordenó en un susurro junto a su piel.

Ella obedeció sin saber muy bien por qué. La antigua Frances no habría seguido órdenes de un admirador.

«Quizá ya no eres como la antigua Frances», dijo una voz en su cabeza.

Tal vez, aquella misión que se había impuesto de desautorizar a Ethan y asestar un duro golpe a los nuevos propietarios de la cervecera de su familia la estaba haciendo pensar que podía sentirse como la antigua Frances. Incluso la galería de arte era un paso atrás hacia un punto en el que se había sentido más segura.

¿Y si no era capaz de recuperar su antigua posición? ¿Y si no volvía a ser la niña mimada de Dénver o de la cervecera o de su familia?

Ethan se apartó de ella lo suficiente como para quitar la colcha de la cama. Luego, tiró de ella hacia abajo.

Nunca en su mejor época lo habría hecho. Habría exigido que la sedujeran con champán, promesas y joyas, pero nunca se hubiera dejado convencer simplemente con aquella atracción.

Ethan echó las sábanas sobre ellos y la envolvió

con su brazo. Frances se acurrucó a su lado, disfrutando de la sensación de calidez y seguridad. Por alguna razón, aquello era lo que necesitaba, sentirse a salvo de aquellos vientos de cambio que habían alterado sus sueños y su fortuna. En brazos de Ethan, podía convencerse de que nada de aquello había pasado, de que todo seguía como siempre.

—¿Qué me dices de ti? —preguntó apoyando la mano en su pecho.

Él cubrió su mano con la suya.

—¿Qué pasa conmigo?

—Debes de estar acostumbrado a los cambios. Cada mes, una nueva compañía, un nuevo hotel, una nueva ciudad… —comentó, aferrándose a la tela de su camisa—. Supongo que los cambios no te afectan.

—No lo siento así. Siempre es lo mismo, pero con un escenario diferente. Las habitaciones de hotel se funden, los despachos son siempre parecidos y…

—¿También las mujeres?

Se hizo una larga pausa.

—Sí, supongo que me pasa lo mismo con las mujeres. Son bonitas, buenas conversadoras, cultas —dijo acariciándole el pelo—. Hasta esta vez.

—¿Hasta esta vez?

Una extraña sensación que no supo reconocer surgió en su pecho.

—El hotel es prácticamente igual. ¿Pero la empresa? Normalmente, una reestructuración me lleva entre tres y seis meses. Ya llevo aquí tres y apenas he avanzado. Las oficinas, bueno, toda la cervecera, es muy diferente a todos los sitios en los que he trabajado. No es un edificio de oficinas más, con los mismos muebles y moquetas en cada despacho. Es como si… Es como si fuera algo con vida propia. No es solo un inmueble más, es algo vivo.

–Siempre ha sido así –convino ella, pero no estaba pensando en la cervecera ni en las antigüedades o en la gente que había convertido aquello en su segundo hogar.

Estaba pensando en el hombre que tenía al lado y que acababa de contarle que las mujeres eran sustituibles como las habitaciones de hotel. Lo cual resultaba algo frío de admitir y no guardaba relación con la manera en que la estaba abrazando.

–¿Y?

–Y…

Ethan entrelazó los dedos con los suyos con más fuera.

Ella tragó saliva.

–¿Qué me dices de la mujer?

Por alguna razón, necesitaba saber que ella no era como las demás.

«Por favor, di algo que pueda creerme, algo auténtico y sincero, aunque no me guste.

–La mujer –dijo, y se llevó su mano a los labios para besarla–, esta mujer es muy diferente a todas las que había conocido hasta ahora. Es guapa, tiene buena conversación y es muy culta, pero tiene algo más, algo más profundo.

Frances se dio cuenta de que estaba conteniendo la respiración, así que intentó respirar con normalidad.

–Ni que fuera un río.

–Entonces, es que no lo estoy haciendo bien

–dijo él sonriendo–. No estoy acostumbrado a susurrar palabras dulces ni tonterías.

–No son tonterías.

Ethan le deslizó una mano por la espalda.

–Tú tampoco lo eres.

Seguía siendo Frances, aunque en breve dejaría de ser una Beaumont para convertirse en una Logan. Después de eso, nada seguiría siendo lo mismo. Al fin y al cabo, nada permanecía siempre igual.

–Podemos suspenderlo –dijo él como si estuviera leyendo sus pensamientos.

–¿Cómo?

Se incorporó y se quedó mirándolo. ¿Hablaba en serio o era lo que ella deseaba en el fondo? Porque si lo era, estaba dispuesta a cambiar de opinión.

–No ha habido un cambio de dueño oficial. No hay ninguna obligación legal.

Frances reparó en cómo tragaba saliva. Se le veía tan serio que no sabía qué hacer.

–Sí tú quieres…

Se incorporó hasta sentarse y se apartó del refugio que habían sido sus brazos. Luego se sentó sobre los talones, sin reparar en que la falda se le había retorcido en la cintura.

–No, no, no podemos poner fin a esto.

–¿Por qué no? Las relaciones van y vienen. Hemos tenido un par de citas y la cosa no ha ido a más –comentó él ladeando la cabeza–. Cada uno se marcha por su lado y ya está.

–¿Así, sin más? No podemos, yo no puedo.

Ese era el meollo del asunto, ¿no? No podía

echarse atrás. Aquel era su billete para recuperar su vida anterior. Con la inversión de Ethan, podía poner en marcha la galería de arte, comprarse un apartamento y dejar de vivir en la mansión de los Beaumont. Podía volver a ser Frances Beaumont.

Él se sentó y sus cuerpos volvieron a aproximarse. A Frances le incomodaba que su cercanía le afectara tanto. El hecho de estar deseando verlo sin camisa tampoco le agradaba. No quería que le gustara ni tan siquiera un poco.

Ethan alargó la mano y le acarició el pelo con ternura. No buscaba cariño ni sentimientos. Lo que quería eran comentarios cortantes y batallas dialécticas. Quería odiarlo. Al fin y al cabo, era la personificación de los fracasos de su familia. Estaba desmantelando su segundo hogar pieza por pieza y la estaba usando por sus conexiones familiares.

También se lo estaba poniendo muy difícil para odiarlo.

—Me gustaría seguir viéndote —dijo empeorándolo todo—. Creo que no exagero si te digo que no he dejado de pensar en ti desde que me ofreciste un donut. Pero no tenemos que precipitarnos y pasar por el altar. No tenemos que casarnos. Podemos cambiar nuestro acuerdo si quieres. Al fin y al cabo, las cosas cambian.

—Pero me necesitas —protestó ella—. Me necesitas para caerles bien a los empleados.

No quería volver al punto de partida, sola, viviendo en la casa familiar, arruinada y sin futuro.

Él esbozó una tierna sonrisa y acortó la distancia que los separaba.

—Necesito más que eso.

Iba a besarla. Estaba siendo cariñoso, atento y considerado. Iba a besarla y eso no estaba bien.

—Ethan —dijo, empujándolo suavemente por el pecho—. No lo hagas.

Dejó que lo frenada, pero siguió acariciándole el pelo.

—¿Hacer el qué?

—Esta locura. No quiero que sientas nada por mí. Nunca podré amarte.

—Eso ya lo has dicho.

—Y lo digo en serio. El amor es para tontos y me niego a convertirme en uno de ellos. Tampoco quiero que mi opinión sobre ti empeore y te considere uno de ellos.

Si se encaprichaba de ella y entraban en juego sentimientos, todo aquel asunto se iría al traste. Aquella no era una relación real, era un acuerdo empresarial y no podían olvidarlo. Al menos, ella debía recordarlo.

Si esperaba que se apartara, que se sintiera ofendido por su rechazo, se había equivocado. De hecho, Ethan se recostó en las almohadas y le sonrió. Era una sonrisa sincera y auténtica.

—Si no quieres seguir adelante, está bien —insistió ella—. Pero no sientas lástima por mí ni te enamores. No quiero que me trates con condescendencia eligiendo lo que es mejor para mí. Si quiero romper nuestro acuerdo, te lo diré. De momento, cumpliré mi parte del acuerdo y tú la tuya, a menos que hayas cambiado de opinión.

—No, no he cambiado de opinión —dijo él sin dejar de sonreír, después de una breve pausa.

Frances deseó borrar aquella sonrisa de su rostro, pero no se le ocurría otra manera que no fuera pataleando y gritando.

—Muy bien.

Permanecieron sentados un rato más. Ethan continuó mirándola fijamente, como si estuviera tratando de adivinar sus pensamientos.

—¿Sí? —preguntó, sonrojándose ante su escrutinio.

—Eres una mujer de armas tomar.

No quería que se mostrara auténtico ni sincero con ella. Tampoco buscaba su ternura ni su cariño.

No quería sentir nada por él. Tenía que cortar aquello por lo sano.

—Ethan —dijo, esbozando algo parecido a una sonrisa—, ahórratelo para cuando estemos en público.

Capítulo Diez

Al día siguiente, Ethan le pidió a Delores que le mandara un centro de flores con una nota que dijera: *Tuyo, E.* Luego, envió un mensaje de texto a Frances diciendo que estaba deseando volver a verla aquella noche.

No le sorprendió que no contestara, especialmente después de la manera en que se había marchado de la habitación del hotel la noche anterior.

Se esforzó y trató de olvidar los acontecimientos del día anterior. Tenía trabajo que hacer. La línea de producción estaba a máximo rendimiento. Fue reuniéndose con los jefes de departamentos y le sorprendió no encontrar resistencia cuando les pidió el listado de empleados y los presupuestos de cada departamento. Una semana antes, se habrían quedado mirando la mesa y le habrían dicho que los que tenían los datos estaban enfermos, de vacaciones o cualquier otra excusa que se les hubiera ocurrido.

Pero ahora que Frances Beaumont llevaba casi una semana en su vida, le miraban a la cara y le sonreían, ofreciéndose a proporcionarle aquellos datos. Incluso cuando aquella clase de operaciones iban bien, no veía demasiadas sonrisas.

Luego, fue curioso lo que le pasó al final de la última reunión del día. Había quedado en su des-

107

pacho con varios directores para analizar el presupuesto de marketing. Los hombres y mujeres asistentes se habían mostrado muy cómodos sentados alrededor de la mesa de juntas. Por un instante se sintió celoso; era él el que estaba fuera de lugar.

A las cinco menos cuarto, consciente de que la gente estaría deseando marcharse a sus casas, Ethan puso fin a la reunión y les hizo prometer que tendría la información solicitada a primera hora de la mañana del día siguiente.

–Señor Logan –dijo un hombre maduro sonriendo–. ¿Tomará donuts el viernes?

Todos se quedaron en silencio a la espera de su respuesta. Por primera vez, recordó lo que Frances no paraba de repetir acerca de aprovechar cualquier oportunidad en público.

Los presentes estaban a la espera de su reacción. Más que eso, esperaban una reacción que les confirmara que podían confiar en sus decisiones. Lo que querían era que reconociera que era uno de ellos.

–Espero que esta vez traiga donuts de chocolate negro –dijo en tono cómplice.

No hacía falta que aclarara a quién se estaba refiriendo. Todos lo sabían.

Su comentario fue recibido con sonrisas. Al menos, no había metido la pata como había hecho la noche anterior con Frances.

Ella tenía razón. La necesitaba. Si rompían su acuerdo, perdería lo poco que había avanzado para hacerse con las riendas de la compañía. Había logrado más en la última semana que en los tres meses anteriores y, por mucho que le costara admitirlo, no tenía nada que ver con sus habilidades directivas.

Pero entonces, ¿por qué le había ofrecido romper el acuerdo?

No sabía cuál era la respuesta a aquello, excepto que se había abierto un resquicio en su armadura y, en vez de hacerle frente, Frances se había mostrado discreta y vulnerable. Había sentido el impulso de cuidar de ella, lo cual era ridículo, porque sabía muy bien cómo cuidarse ella sola.

Pero la expresión que se la había quedado al despedirse de su hermano...

Ethan no había mentido. Había muchos parecidos entre Frances y las mujeres que habían pasado por su vida. Todas ellas eran cultas, refinadas y dispuestas tanto a disfrutar de una buena comida como a divertirse, ya fuera en el teatro o en la habitación de un hotel.

¿Qué era lo que la hacía tan diferente?

No era por su apellido. Por supuesto que ese había sido el punto de partida de la relación. El apellido Beaumont solo tenía valor para él mientras le permitiera llevar a cabo su misión en la cervecera. No tenía ningún interés en formar parte de la familia y contaba con su propia fortuna.

¿Sería porque por primera vez estaba considerando casarse? ¿Sería por eso por lo que se sentía tan... comprometido, por así decirlo? Iba a estar unido a Frances durante el siguiente año. Quizá fuera una reacción normal querer cuidar de la mujer que iba a convertirse en su esposa.

Claro que tampoco conocía aquella situación. Su padre nunca había cuidado de su madre, excepto para facilitarle el dinero para hacer todo lo que quisiera. La relación de Troy Logan con la madre de sus dos hijos se había limitado a pagar las facturas. Tal vez por eso su madre apenas pasaba tiempo en casa. Troy Logan no era capaz de sentir nada, así que Wanda había buscado amor en otra parte.

Ethan se fue al baño y se lavó la cara con agua fría. Aquella no tenía que ser una relación complicada como la de sus padres. Lo habían dejado muy claro, nada de sentimientos. Estaba jugando a un juego en el que su oponente le estaba haciendo desear cosas que no eran propias de él.

Se miró al espejo y decidió no afeitarse para la cena de esa noche.

De repente, oyó que la puerta de su despacho se cerraba con fuerza.

–Frances, ¿eres tú?

No obtuvo respuesta.

Se desenrolló las mangas y se puso la chaqueta. La única persona que entraba en su despacho sin avisar era Delores. Aunque fuera casi la hora de irse, le gustaba mantener su imagen profesional.

Pero al regresar a su despacho, supo que no había sido Delores. Había un hombre corpulento sentado en una de las butacas delante de su escritorio. Parecía Phillip Beaumont, pero cuando se volvió para mirarlo, Ethan se dio cuenta de que era otro Beaumont. Lo había visto en las portadas de revistas y periódicos financieros. El que estaba allí sentado en su despacho no era otro que Chadwick Beaumont, el anterior presidente de la cervecera.

Ethan se puso alerta. Hasta aquel momento, Beaumont había sido tan solo un fantasma. Aquello no podía ser una coincidencia, especialmente después de su encuentro con Phillip la noche anterior.

–Me han contado que va a echar abajo este despacho –comenzó Beaumont sin más preámbulo.

–Estoy en mi derecho como actual presidente de la compañía –replicó Ethan–. ¿A qué debo el honor?

Tomó asiento detrás del escritorio y dejó las manos encima, como si todas sus cartas estuvieran sobre la mesa.

Beaumont tardó en contestar. Se cruzó de piernas y se estiró los pantalones. Era de esperar, pensó Ethan. Al fin y al cabo, Beaumont era conocido por ser un duro negociador, al igual que su padre.

Ambos estaban a la altura. Troy Logan se había ganado su fama como saqueador de compañías durante los años ochenta. Con la sola mención de su nombre, poderosos banqueros salían corriendo con el rabo entre las piernas. Ethan había aprendido de un maestro. Si Beaumont pensaba que podía sacar algo de aquel enfrentamiento, se iba a llevar una decepción.

Mientras Beaumont intentaba sacarlo de quicio, Ethan lo observó.

Chadwick Beaumont, el primogénito de la familia, era más alto y rubio que Frances, incluso que su hermano Phillip. El parecido entre ellos era tan grande que aunque no hubiera conocido a Phillip la noche anterior, habría reconocido aquellos rasgos tan característicos de los Beaumont: la barbilla, la nariz, la capacidad de destacar en cualquier sitio…

¿Cómo le habían arrebatado la compañía a aquel hombre? Ethan trató de recordar lo que había pasado. Un accionista había precipitado la venta. Beaumont había luchado con dientes y uñas para impedirlo, pero una vez la venta se había formalizado, había recogido sus cosas y se había ido.

Así que aquello no tenía que ver con la compañía, sino con Frances.

—Me está haciendo quedar mal —dijo Beaumont esforzándose en mostrar una sonrisa—. ¿Flores a diario? Mi esposa está empezando a quejarse.

—Discúlpeme —dijo sin lamentarlo en absoluto—. No era mi intención.

—¿Cuáles son sus intenciones? —preguntó, enarcando una ceja.

—Lo siento, no es asunto suyo.

—Claro que es asunto mío.

A pesar de que parecía hablar a la ligera, era evidente que había una amenaza implícita.

—Pues le deseo suerte.

La expresión de Beaumont se endureció.

—No sé a qué está jugando, Logan, pero no sabe en qué se está metiendo al relacionarse con ella.

Aquella observación tenía sentido, pero no estaba dispuesto a concederle lo más mínimo.

—Por lo que a mí respecta, tengo una relación con una mujer adulta. Aun así, no veo por qué le preocupa.

Beaumont sacudió la cabeza lentamente, como si Ethan acabara de admitir que era idiota.

—O ella le está usando a usted o usted a ella. No acabará bien.

—Le repito que no es asunto suyo.

112

–Por supuesto que lo es, porque será otro de los desastres de Frances de los que tendremos que ocuparnos.

–Lo dice como si fuera una niña malcriada.

–No la conoce como yo. Ha perdido más dinero del que puedo recordar. Es difícil mantenerla alejada del interés público y usted –dijo señalando a Ethan con la barbilla– parece estar empujándola hacia él.

Ethan se quedó mirando a Beaumont. Parecía estar hablando en serio. Aquel hombre no tenía pinta de andar haciendo bromas.

Frances le había dicho la noche anterior que no la tratara con condescendencia. Ahora entendía aquel comentario.

–¿Sabe que está aquí?

–Por supuesto que no –contestó Beaumont.

–Por supuesto que no –repitió Ethan–. Así que se ha encargado de decidir no solo lo que es mejor para ella, sino para mí también. Tendrá que disculparme, pero estoy intentando entender qué le da derecho a inmiscuirse en la vida de dos adultos. ¿Se le ocurre alguna idea?

Beaumont se quedó mirándolo.

–Supongo que lo único sorprendente es que haya venido solo a intimidarme y no con el resto de sus hermanos.

–No solemos ir por ahí todos juntos –replicó Beaumont con frialdad.

–Estoy seguro de que no necesita a nadie más para ir por ahí intimidando a la gente.

Beaumont pareció encontrar aquel comentario divertido.

—¿Qué tal va la cervecera?

Ethan se sorprendió ante aquel súbito cambio de tema.

—Ahí vamos. Tenía unos empleados muy leales. Los que no se fueron a su nueva compañía, no están contentos con los cambios.

Beaumont inclinó la cabeza al oír aquel cumplido.

—Me lo imagino. Tras la muerte de mi padre, cuando me hice cargo, estuvimos al borde del colapso durante un año. La lealtad de los empleados es un arma de doble filo.

Ethan no hizo nada por ocultar su sorpresa.

—Ya.

Beaumont asintió.

—El club de los presidentes de la cervecera Beaumont es muy exclusivo. Solo estamos vivos dos. Usted es el quinto que ha llevado esta compañía —dijo mirando fijamente a Ethan, aunque ya no resultaba tan intimidante—. No es un cargo para tomarse a la ligera.

Lo cierto era que Ethan nunca lo había pensado. Las compañías que solía reestructurar cambiaban de presidente cada dos o tres años. La única lealtad que mostraban los empleados era al cheque y a los beneficios.

Beaumont tenía razón y Frances también. Todo en aquella compañía era diferente.

—Si necesita ayuda con la empresa…

Ethan frunció el ceño. No solía aceptar ayuda, y menos en su trabajo.

—De hecho, tengo una pregunta. ¿Ha oído hablar alguna vez de ZOLA?

–¿ZOLA? ¿Qué es?

–Una compañía de capital privado. Parece que están interesados en la cervecera. Creo que están intentando deshacerse de…, bueno, no sé de quién. Evidentemente de usted no, porque ya no es el jefe. Podría ser de mi empresa o de AllBev –dijo, conteniendo el impulso de levantarse y empezar a dar vueltas por el despacho–. A menos que ZOLA esté representando sus intereses.

–No tengo ningún interés en recuperar la cervecera. Ya he pasado página.

Su mirada era directa y tenía las manos y los pies quietos. Beaumont estaba diciendo la verdad.

–¿Y el resto de la familia?

–No puedo hablar por todos los Beaumont.

–Me aseguraré de transmitirle la información a Frances.

Beaumont se sorprendió al oír aquello.

–Phillip no tiene ningún interés en la cerveza. Matthew es uno de mis directivos. Byron tiene su propio restaurante en nuestra nueva fábrica. Los más pequeños nunca han tenido nada que ver con la cervecera. Y usted parece tener su propia opinión acerca de los motivos de Frances.

–Le agradezco su aportación.

Beaumont se puso de pie y le tendió la mano. Ethan se levantó para estrechársela.

–Me alegro de haberle conocido, Logan. Venga a vernos a casa en alguna ocasión.

–Lo mismo digo, cuando quiera –dijo Ethan, a pesar de que estaba convencido de que ninguno de los dos estaba siendo sincero.

–Pero tenga cuidado con Frances –añadió

Beaumont sin soltarle la mano–. No es una mujer con la que andar jugando.

Ethan sonrió. Como si fuera posible escapar indemne de aquella mujer.

Aun así, aquel grado de intromisión era algo nuevo para él. Con razón Frances se había quedado tan afectada la noche anterior al ver a su otro hermano.

–Creo que puede cuidarse ella sola, ¿no le parece? –dijo estrechándole la mano con fuerza.

Se quedó esperando otro comentario de Beaumont, pero no dijo nada. En vez de eso, le soltó la mano y se volvió hacia la puerta.

Ethan se quedó mirando cómo se alejaba. Si Beaumont había ido a hablar con él, ¿habría alguien encargado de hablar con Frances? Con un poco de suerte, tendría la armadura puesta.

Beaumont se detuvo ante la puerta, se volvió y echó un último vistazo al despacho. Luego esbozó una triste sonrisa y se fue.

Ethan tuvo la sensación de que Beaumont no iba a volver a la cervecera nunca más.

Se dejó caer en su sillón. ¿A qué había venido todo aquello? Todavía no podía descartar que Beaumont o cualquiera de su familia, incluida Frances, no tuviera relación con ZOLA. Las coincidencias no existían, tal y como ella misma había dicho. Frances había aparecido en su vida al mismo tiempo en que ZOLA había empezado a hacer ruido. Tenía que haber una conexión, pero si no era a través de sus hermanos, entonces…

No podía dejar de pensar en ella. Estaba deseando verla en la cena, pero tenía la sensación de que iba a necesitar algo más que un ramo de flores. Miró el reloj. Todavía le daba tiempo de hacer una parada si no iba a afeitarse.

Confiaba en que a Frances le gustara la barba de tres días.

Capítulo Once

Después de un largo día revisando contratos de locales, Frances no se sorprendió al encontrarse a Byron esperándola en la mansión.

—Phillip te ha llamado, ¿verdad? —dijo pasando al lado de su hermano de camino a su habitación.

Tenía una cita aquella noche y ya estaba nerviosa. Era la ocasión para ponerse el vestido rojo y quitarle a Ethan de la cabeza cualquier idea de afecto. Se sentiría cegado por el deseo y esa era una situación con la que sabía lidiar.

Se acabaron los sentimientos de ternura, fin de la discusión.

—Sí —admitió Byron, siguiéndola hasta su habitación.

Frances reparó en el centro floral que estaba en su mesilla de noche y leyó la tarjeta: *Tuyo, E.*

Aquellas dos palabras la hicieron sonreír, señal de que necesitaba una ducha y una copa. Ni Ethan era suyo ni ella de él. Estaba decidida a no sentir nada por él, algo que le resultaría mucho más fácil si dejara de ser tan perfecto.

—Me ha dicho George que llevas toda la semana recibiendo flores.

Frances puso los ojos en blanco. George era el chef de la mansión y se llevaba muy bien con Byron.

–¿Y? Ni que fuera la primera vez que me mandan flores.

–¿Del tipo que dirige ahora la cervecera?

–¿Por qué estás aquí? ¿No tienes un restaurante del que ocuparte? Es casi la hora de la cena, ¿sabes?

Byron se sentó en la cama.

–Todavía no lo hemos inaugurado. Si vas a estar pavoneándote con él por la ciudad, ven a vernos la semana que viene cuando hayamos abierto. Nos vendrá bien cualquier publicidad.

Frances se acercó al armario y empezó a pasar perchas de un lado a otro.

–No voy por ahí pavoneándome.

–Escucha –dijo Byron mirándola fijamente–. Phillip piensa que estás haciendo el ridículo. Estoy seguro de que ya se lo ha contado a Chadwick. Pero da igual lo que esté pasando, eres capaz de arreglártelas sola. Si estás viendo a ese hombre porque te gusta, entonces, quiero conocerlo. Si lo estás viendo por otra razón…

–Por el amor de Dios, Byron, Ethan podría partirte en dos.

–Lo único que digo es que Philip me ha pedido que hablara contigo y es lo que he hecho. Así que date por advertida.

Frances sacó el vestido rojo y lo dejó colgado en la puerta del armario.

–¿En serio?

Byron se quedó mirando el vestido y dejó escapar un silbido.

–Vaya, Frannie. Tiene que gustarte mucho.

Convencer a los demás de que Ethan le gustaba

119

formaba parte de aquel juego. No estaba admitiendo nada. La verdad solo la sabía ella.

—Lo cierto es que sí.

Aquellas palabras tenían que haber sonado rotundas y convincentes, pero no fue así y Byron se dio cuenta.

—Me cae bien. No es el típico millonario presidente de una compañía. Pero gustarme, no me gusta, ¿sabes?

No estaba siendo del todo sincera porque lo cierto era que le gustaba, aunque no fuera lo más aconsejable. La noche anterior había bajado la guardia y viendo a Ethan tan atento y considerado, a punto había estado de dejarse llevar.

—Así que si no te gusta, te vas a poner ese vestido rojo porque…

Frances abrió la boca y a punto estuvo de contarle todo el plan: la boda, la inversión, cómo había accedido a participar en aquella locura para ocasionar todo el daño posible a los actuales propietarios de la cervecera… Y todo, por el honor de la familia. Si había alguien capaz de comprenderla, ese era Byron. Siempre había confiado en su hermano y, por muy absurda que fuera la situación, él siempre la apoyaría.

Pero…

No podía hacerlo. No podía contarle que iba a ponerse el vestido rojo porque todo aquello era una farsa con mucho dinero y poder en juego, y necesitaba recuperar la estabilidad después del desastre de la noche anterior.

Posó la mirada en el arreglo floral. Era muy bonito y debía de haberle costado una fortuna a

Ethan. No quería reconocer que cabía la posibilidad de que no saliera vencedora en aquel juego, así que decidió cambiar de tema de conversación.

–¿Qué tal tu familia? ¿Has tenido noticias de Leon Harper últimamente?

Byron se había casado recientemente con Leona Harper, una antigua novia hija del mayor enemigo de los Beaumont. Leona y Byron tenían un hijo y otro en camino.

–No –respondió Byron, y sacó su teléfono móvil–. ¿Sabes una cosa? –añadió mostrándole una foto en la pantalla.

Frances se quedó mirando la foto de una ecografía.

–Sí, ya veo que es un bebé. Ya me habías contado que Leona estaba embarazada.

–¿Pero a que no te había dicho que era una niña? –dijo emocionado–. Vamos a llamarla Jeannie.

–¿Como mamá?

Los pocos recuerdos que tenía Frances de sus padres eran de sus peleas y discusiones. Después de separarse de Hardwick, su madre había disfrutado de una vida tranquila.

Había habido momentos en los que Frances había deseado dejar la mansión e irse a vivir con su madre. Había tenido que soportar la antipatía de todas las esposas de su padre. Por aquel entonces, sus hermanos mayores se habían marchado a la universidad y Byron pasaba la mayor parte del tiempo en la cocina. Frances era la que tenía que mostrarse amable con cada nueva esposa y también la que tenía que sonreír cada vez que aquellas mujeres querían demostrar que Hardwick las amaba por encima de todo, incluidos sus propios hijos.

El amor no había sido más que una competición.

Hasta entonces. Chadwick se había casado con su secretaria y estaban muy enamorados el uno del otro. Phillip, el alma de las fiestas, había sentado la cabeza con Jo. Nunca había sido hombre de una sola mujer, pero estaba completamente entregado a Jo. Matthew se había ido a vivir a California con su nueva esposa, y Byron era feliz con su pequeña familia.

—Mamá se viene a vivir con nosotros.

—¿De veras? —preguntó sorprendida.

—Papá era un desastre al igual que los padres de Leona. Pero mamá puede volver a formar parte de la familia. Tenemos sitio suficiente, todo un apartamento para ella sola. Percy la adora y creo que a Leona le hace ilusión tenerla cerca. Nunca tuvo una buena relación con su madre.

A pesar de lo cansada que estaba, Frances sintió que los ojos se le humedecían.

—Oh, Byron, mamá estará muy contenta.

—Bueno —dijo Byron poniéndose de pie y guardando el teléfono—. Te conozco y sé que en ocasiones te precipitas en tus decisiones.

Ella lo miró entornando los ojos.

—¿Es ahora cuando te tengo que mandar al infierno, justo después de un momento tan sentimental?

Byron levantó las manos a modo de rendición.

—Lo único que digo es que llames a mamá si haces algo que los demás consideran precipitado,

¿de acuerdo? Mamá fue a la boda de Matthew y a la mía. Y que sepas que estaré encantado de llevarte al altar.

Frances se quedó mirándolo fijamente.

–¿Qué?

¿De dónde se había sacado aquella idea? Ethan y ella habían hablado de la inminente boda a puerta cerrada. Nadie más tenía ni idea.

Nunca había sido capaz de ocultarle nada y él lo sabía.

–Ya me has oído. Y espero que la semana que viene vengas al restaurante, ¿de acuerdo? Te reservaré la mejor mesa dijo, y la besó en la mejilla antes de darle un abrazo–. Tengo que irme. Cuídate, Frannie.

Después de que Byron se fuera, permaneció unos minutos donde estaba. No se estaba precipitando. Aquel era un plan meditado y no necesitaba que su madre presenciara su boda con Ethan Logan ni que su hermano la llevara al altar.

No quería que su madre pensara que por fin hubiera encontrado un final feliz. Tal vez debería llamarla y contarle que aquello no era real y que no duraría.

Frances se quedó sentada en la cama, mirando las flores. Se estaba quedando sin espacio libre. Había rosas en la cómoda y lilas en la mesa. No hacía falta que se gastara tanto dinero en flores para ella.

Sacó la tarjeta y volvió a leerla: *Tuyo, E.*

Acarició la inicial de su nombre. No, no se le daba bien decir ni escribir cosas bonitas.

Pero iba a ser suyo, al menos en un futuro inmediato.

Tenía que llamar a su madre y lo haría pronto. De momento, tenía que prepararse para su cita.

Ethan supo cuándo Frances llegó al restaurante y no porque la viera, sino porque todo pareció detenerse. No se oyó ningún ruido, ni siquiera el sonido de un tenedor contra el plato.

Antes incluso de darse la vuelta, sabía que no iba a ser capaz de aislarse del infierno que le tuviera preparado para esa noche. Y lo que era peor aún era que tampoco quería.

Mientras apuraba su whisky, recordó que el sexo no formaba parte de su acuerdo. Siempre había sabido controlarse y nunca había sucumbido a la pasión.

Después de largos segundos, todo el mundo continuó con lo que estaba haciendo. Ethan respiró hondo y se dio la vuelta.

Allí estaba, con un vestido rojo sin tirantes que resaltaba cada una de sus curvas. A pesar de lo guapa que estaba, deseó arrancárselo y descubrir cómo era sin armaduras.

Aun con la tenue iluminación del restaurante, la vio sonreír cuando sus miradas se encontraron. Tuvo que recordarse que no sentía nada por él. Aquella sonrisa estaba dirigida al público, no a él.

Se levantó de su taburete y se dirigió a su encuentro. Sabía que debía decir algo para que lo oyera quien estuviera escuchando. Tenía que hacer algún comentario sobre su vestido y decirle lo mucho que se alegraba de verla.

Pero era incapaz de mover los labios, a pesar

de que adivinaba cuál era su intención con aquel vestido.

Así que en vez de decir nada, la tomó entre sus brazos y la besó como llevaba todo el día deseando. Pero no lo hacía de cara al público, sino por ella.

A duras penas logró apartarse de ella antes de deslizar sus manos hasta su trasero en mitad del restaurante.

–Te he echado de menos –dijo apoyando la frente en la de ella.

–¿Ah, sí?

Quizá su intención era mostrarse indiferente, pero no se lo pareció. Era como si quisiera creer que estaba siendo sincero, pero le costase creerlo.

–Sí. Ya tenemos la mesa preparada.

La tomó de la mano y la llevó hasta la mesa.

–¿Te ha pasado algo interesante hoy? –preguntó Ethan después de que se hubieran sentado.

–Pues sí –contestó ella, enarcando una ceja–. Mi hermano gemelo Byron vino a verme.

¿Habría sido como la visita que Chadwick le había hecho?

Frances lo miraba con atención.

–La semana que viene va a abrir su nuevo restaurante. Le gustaría que pasáramos por allí. Al parecer, le haríamos una gran publicidad.

–Ese era el plan –dijo, más para recordárselo a sí mismo que a ella.

Frances se echó hacia delante y se apoyó en los codos, haciendo destacar su generoso escote. Ethan sintió que el pulso se le aceleraba.

–¿Y tu día qué tal?, ¿algo interesante?

–Varias cosas –contestó tranquilamente–. Todos

en la cervecera esperan que el viernes me traigas un donut.

Una sonrisa se dibujó en su rostro.

—¿De veras? Creo que tendré que ir, ¿no?

Su tono era relajado y burlón. Eso era lo que había estado echando de menos. Alargó la mano y la apoyó en su mejilla, acariciándola con el dedo gordo.

Ella se apoyó ligeramente en él, un pequeño movimiento imperceptible a los demás.

—Quiero un donut de chocolate negro.

—Tal vez te lleve una caja completa, solo por ver qué dicen.

No debería sentir nada por ella, pero lo cierto era que le gustaba.

No quería contarle lo otro interesante que le había pasado. No quería que volviera a colocarse la coraza al mencionar a uno de sus hermanos. Lo cierto era que no quería seguir allí sentado, en aquel agradable restaurante. Preferiría estar en un sitio tranquilo, a solas, en el que ella se acurrucara a su lado mientras le acariciaba el pelo y hablaban de cómo les había ido el día, sin importarles lo que otros vieran o pensaran.

—Chadwick ha venido a verme a mi despacho.

Frances se irguió y evitó su contacto. Ethan apartó su mano.

—Supongo que Phillip habló con él —dijo ella.

—Me dio esa sensación.

Frances cerró los ojos y entrelazó las manos. Parecía estarse concentrando.

—¿Puedo saber para qué fue a verte?

—Ya sabes, lo típico de un hermano mayor: que

cuáles eran mis intenciones, que no le rompiera el corazón a su hermana pequeña, ese tipo de cosas —respondió, encogiéndose de hombros.

Ella abrió los ojos y se quedó mirándolo por encima de sus manos.

—¿Cómo? No me digas que te has doblegado ante él. Eso no es bueno para su ya de por sí enorme ego.

Ethan se recostó en su asiento.

—Le dije que lo que pasara entre dos adultos no era asunto suyo, y presuponer que sabe lo que es mejor para nosotros era tratarnos con condescendencia.

Frances abrió la boca para decir algo, pero enseguida la cerró y sonrió. Ethan deseó besar aquellos labios sonrientes, pero la mesa se interponía.

—No, no es cierto, no le dijiste eso.

—Claro que sí. No me doblegué.

Al oír aquello Frances se rio y Ethan se sintió bien por haber conseguido evitar que se sintiera como la noche anterior.

Ella se revolvió en su asiento y con la punta de los pies le acarició la pierna. El pulso se le aceleró.

—Tengo algo para ti.

Había decidido darle el regalo después de cenar, pero por la manera en que lo estaba mirando había cambiado de opinión.

—Las flores eran preciosas —murmuró ella, y volvió a acariciarle la pierna con el pie.

Ethan sintió que el deseo se le disparaba.

Hacía demasiado calor en el restaurante. Iba a quemarse entre las llamas y no se le ocurría mejor manera de morir.

Se metió la mano en el bolsillo y sacó un estuche alargado de terciopelo.

–Lo he elegido yo. Pensé que te quedaría bien.

Frances detuvo el movimiento del pie y Ethan aprovechó para colocarse el pantalón. De repente, se sentía incómodo sentado.

Ella abrió los ojos como platos al ver el estuche.

–¿Qué es esto?

–Le he comprado un regalo a mi futura esposa. Ábrelo.

Se quedó pensativa, como si temiera que la caja fuera a morderla, así que la abrió él.

Al recibir luz, el collar de diamantes relució. Había elegido un diamante en forma cuadrada que colgaba de una cadena junto a otros tres diamantes más pequeños, todo montado en platino.

–Vaya, Ethan, no esperaba esto –dijo mientras él le acercaba el estuche.

–Me gusta sorprenderte –afirmó, sacando el collar del estuche y acercándoselo a ella–. Permíteme.

Se levantó y se acercó a ella por detrás. Frances se apartó la melena, dejando al descubierto su nuca. Ethan se quedó de piedra. Deseaba saborearla, recorrer con sus labios la fina curva de su cuello y ver cómo reaccionaba mientras le bajaba el vestido.

Ella bajó la cabeza, devolviéndolo a la realidad. Estaba en medio de un restaurante con un collar de nueve mil dólares en la mano. Al ir a abrochar el cierre, sus manos comenzaron a temblar de deseo.

Había tenido otras parejas a las que les había

comprado bonitos regalos, pero nunca había sentido tanto deseo.

Consiguió calmar el temblor, además de otras partes de su cuerpo. Aquello era una locura temporal, eso era todo. Tenía delante una mujer hermosa con un vestido impresionante diseñado para provocar.

Pero por mucho que tratara de convencerse, sabía que no estaba siendo sincero, ni con ella ni con él.

De todas formas, la sinceridad no formaba parte de aquello. Su relación estaba basada en un puñado de mentiras que se hacía más grande cada día y con cada ramo de flores. No, su relación no se suponía que fuera sincera. Era mucho más sencillo que eso. Ella necesitaba dinero y él el sello de aprobación de los Beaumont. Todos ganaban.

Esa era posiblemente la mentira más grande. Nada relacionado con Frances había sido sencillo desde el momento en que había puesto los ojos en ella.

Por fin se contuvo y le abrochó el cierre.

Pero le costaba contenerse. Deslizó los dedos por la piel que había dejado al descubierto al apartarse la melena hasta llegar a los hombros. No debería haberle resultado un gesto tan erótico y sensual, pero aquel deseo incontenible no le abandonaba.

Aquella sensación empeoró cuando se soltó el pelo y sintió una cortina sedosa acariciándole las manos. Sin pensárselo, clavó los dedos en su piel y la atrajo hacia él. Ella se recostó hacia atrás y lo miró.

Sus ojos se encontraron. Ethan sabía que, con cualquier otra mujer, se habría quedado mirándole el escote, reparando en cómo descansaban los diamantes entre sus pechos firmes y generosos, de los que tan buena perspectiva tenía desde donde estaba.

Pero apenas era consciente de su escote porque Frances lo estaba mirando con los labios abiertos ligeramente. Tenía las mejillas sonrosadas y los ojos abiertos como platos. Alzó una mano, buscándolo. Al sentirla sobre el pecho, sus manos empezaron a deslizarse por su piel. Deseaba descubrir todo de ella.

Le acarició la mejilla y ella dejó escapar un gemido. Al instante, el cuerpo de Ethan reaccionó. Sintió la sangre fluir a toda velocidad desde la cabeza hasta su erección y, tal y como se estaba apoyando en él, ella también lo sentía.

En cualquier momento diría algo para ponerlo en su sitio y tendría que sentarse y dejar de tocarla.

–Ethan –susurró ella, alzando la vista para mirarlo.

Sus ojos se habían oscurecido y apenas se distinguía su color azul verdoso.

Deseaba oírle decir su nombre, entre susurros íntimos y jadeos apasionados. Quería llevarla hasta un punto en el que solo pudiera pensar en él.

Le acarició el cuello y luego siguió bajando hasta llegar al collar que le había regalado. Ella se aferró a su mano mientras le acariciaba el colgante. No le pidió que parara ni hizo nada por apartarlo, así que siguió deslizando más abajo su mano y le acarició el borde del vestido.

–¿Ya saben lo que van a pedir?

Frances y Ethan se sobresaltaron. De repente se dio cuenta de que estaban en un lugar público y que al menos medio restaurante los estaba observando. Había estado a punto de perder la cabeza ante la vista de toda aquella gente. ¿Qué demonios le pasaba?

Trató de apartarse de ella, pero Frances no le soltó la mano.

–Lo cierto es que no tengo hambre –dijo ella poniéndose de pie–. Pero gracias –añadió, y se volvió hacia él–. ¿Nos vamos?

–Claro –fue todo lo que se le ocurrió decir.

La camarera los miró sonriente mientras Ethan sacaba un billete de cincuenta para pagar la consumición de la barra.

Todo el mundo estuvo pendiente de ellos de camino a la salida. Ethan recogió el abrigo de Frances del guardarropa y le ayudó a ponérselo. Permanecieron en silencio en medio del frío viento mientras el aparcacoches traía el coche. De repente, Ethan la rodeó por los hombros y la estrechó contra él. Ella se recostó en su pecho. ¿Se lo estaba imaginando o Frances estaba respirando agitadamente? No estaba seguro. Quizá fuera su pecho, que subía y bajaba al ritmo de su respiración acelerada.

Aquella sensación no era normal. El sexo siempre era divertido y apetecible, pero era él quien decidía tomarlo o dejarlo. Le gustaba la sensación de liberación que traía, y unas veces lo necesitaba más que otras. Pero eso era todo, una válvula de escape que en ocasiones había que despresurizar.

131

Pero no era esa atracción lo que le impedía pensar con lógica. Eso podía sentirlo con cualquiera.

Lo que sentía tenía que ver con Frances y con aquel desconocido deseo que despertaba en él. Y cuanto más trataba de identificarlo, más confuso se sentía. Quería demostrarle lo que podía hacer por ella, cómo podía protegerla y lo bien que podían estar juntos.

Por fin llegó el coche. Ethan le abrió la puerta y luego se sentó al volante, aferrándose a él con más fuerza de la necesaria. No quería perder un minuto más sin tener a Frances en sus brazos.

No estaban lejos del hotel. El trayecto apenas duraría cinco minutos. De no haber hecho tanto frío, no se habría molestado en recoger el coche.

De pronto, Frances se echó sobre él y le puso la mano en la abultada erección. A pesar de los calzoncillos y de los pantalones de lana, su caricia le hizo arder mientras exploraba la longitud de su miembro. Ethan no pudo hacer otra cosa que sujetar con fuerza el volante mientras ella comprobaba su excitación.

Cuando le rodeó con la mano el miembro, una oleada de placer le recorrió todo el cuerpo.

—Frances, esto no es un juego.

—No, no lo es —convino ella, sin dejar de acariciarle.

Su cuerpo ardía por ella. Si se detenía, no lo soportaría.

—¿Vas a subir a mi habitación?

Más que una pregunta, aquello era una orden.

—No creo que a los empleados del hotel les guste que tengamos sexo en medio del vestíbulo.

—¿Es eso lo que quieres? Me refiero al sexo. Ya sabes que eso no formaba parte del acuerdo inicial.

Aquello hizo que retirara su mano de él.

—Ethan, no quiero hablar del maldito acuerdo ni pensar en él.

—Entonces, ¿qué es lo que quieres? —preguntó él, deteniendo el coche delante del hotel.

Frances no contestó y salió del coche. Él la siguió, después del darle las llaves al aparcacoches. Se dirigieron al hotel sin rozarse y esperaron al ascensor en silencio. Ethan se sentía aliviado de que el abrigo fuera lo suficientemente largo como para ocultar su erección.

Entraron en el ascensor y Ethan esperó a que se cerraran las puertas para echarse sobre ella.

—Dime qué es lo que quieres, Frances —dijo acorralándola contra la pared y sintiendo su cálido cuerpo junto al suyo—. Al infierno con el acuerdo. Dime ahora mismo qué es lo que quieres. ¿Es sexo, soy yo?

—No debería desearte —respondió ella con voz insegura.

El tomó su rostro entre las manos. Sus bocas estaban a escasos centímetros de distancia.

—Yo tampoco debería desearte. Pero me vuelves loco, completamente loco. Haces que la cabeza me dé tantas vueltas que acabo mareado cada vez que te veo. Y todo con esa sonrisa tuya —dijo acariciándole los labios.

Ella trató de besarlo, pero él se apartó.

No quería que lo hiciera. Retiró las manos de su cara y las apoyó en la pared del ascensor. Tenía que decirle algo antes de que fueran demasiado lejos.

—Lo complicas todo. Haces que todo resulte más difícil de lo que es, y eso me gusta.

—¿Ah, sí? —preguntó sorprendida.

—Sí. Me gusta lo difícil y complicada que eres —dijo apoyándose en ella para que sintiera lo mucho que la deseaba—. Me gusta que te burles de mí y que me provoques, y me gusta esa coraza que te pones porque te hace la mujer más fuerte que conozco. Claro que también quiero despojarte de esa coraza porque…

De repente desapareció toda la furia que le había llevado a decir aquello y se dio cuenta de que en vez de estarle diciendo lo maravillosa que era, parecía estarle echando en cara lo mucho que le irritaba.

—Así es como me gustas —concluyó.

Ella separó los labios y abrió la boca, justo en el momento en el que el ascensor se abría. Habían llegado al piso de Ethan. La abrazó unos segundos más y la soltó a tiempo de impedir que se cerraran las puertas.

Luego le ofreció la mano y esperó.

Capítulo Doce

—¿Te gusta que sea difícil?

Frances permaneció inmóvil mirando a Ethan.

Nadie le había dicho antes que le gustara que fuera difícil y complicada. Siempre la habían preferido como objeto de deseo o como trampolín en el escalafón social. Era precisamente cuando las cosas se ponían difíciles o complicadas cuando los hombres desaparecían de su vida. Cuando Frances se comportaba como era realmente, surgían los problemas. Era demasiado enérgica y exigente, con gustos y ambiciones muy caros. Su familia también era compleja, y eso siempre resultaba complicado para aquellos que querían aprovecharse del prestigio del apellido Beaumont, pero que no tenían en cuenta el esfuerzo que conllevaba mantenerlo.

El ascensor emitió un sonido de aviso.

—Sí, me gusta —contestó, y tiró de ella mientras las puertas se cerraban.

Frances no supo qué responder a aquello, cosa rara en ella. Se quedaron en mitad del pasillo, de la mano.

—¿Y a ti? Me refiero a si te gusto.

Frances reparó en el peso de los diamantes que llevaba. ¿Cuántos miles de dólares se habría gastado? Se supone que iba a ser una relación sencilla, con intercambio de prestaciones. En su mundo, el hombre compraba regalos caros y lujosos y la mujer se quitaba la ropa, así de simple.

–Has arruinado el legado y el negocio de mi familia. Cuando perdimos la cervecera, perdí una parte de mi identidad y debería odiarte por ello. Sabe Dios cuánto deseaba odiarte.

¿Se le habían llenado los ojos de lágrimas? No, no podía haber lágrimas en los asuntos del corazón porque en sus asuntos no implicaba nunca al corazón.

Siempre había mantenido su corazón a salvo de todos y nunca nadie se había dado cuenta hasta que había llegado Ethan Logan.

–Puedes seguir odiándome por la mañana. No espero menos de ti.

–¿Y esta noche?

Ethan dio un paso hacia ella. Su cuerpo era fuerte y cálido, y Frances supo que si cedía, se perdería en él.

Ya había perdido demasiado. ¿Podía permitirse perder más?

Ethan le acarició el rostro y luego hundió los dedos en su pelo y la atrajo.

–Permite que te ame esta noche, Frances. Solos tú y yo, sin preocuparnos de nada más.

Estaba siendo sincero y directo. Para un hombre que no sabía decir cosas bonitas, acababa de decir lo más bonito que había oído nunca.

Una puerta se abrió a sus espaldas. Frances no sabía si era el ascensor o algún huésped, pero no le importó. Siguió caminando por el pasillo de la mano de Ethan hasta su habitación.

Ethan abrió la puerta y la hizo pasar.

—No sentiré nada por ti por la mañana –le dijo con voz temblorosa.

Él le deshizo el nudo del cinturón del abrigo y se lo quitó por los hombros.

—Pero ahora sí sientes algo, ¿verdad?

—No quiero seguir hablando –respondió, tratando de sonar autoritaria.

No quería seguir pensando. Quería sentir y rendirse a aquel deseo que sentía.

Lo tomó por la chaqueta y se la quitó, tirando de las mangas, deseando desnudarlo cuanto antes.

—No se te ocurra ocultarte tras ese muro, Frances.

—No me estoy ocultando –replicó, desabrochándole el cinturón–. Te estoy desnudando. Por lo general, es más cómodo para tener sexo.

A continuación, volvieron adonde se habían quedado en el ascensor, con él acorralándola contra la pared y sujetándola de las muñecas.

—No me quiero acostar con tu coraza, quiero acostarme contigo. Me gusta como eres, así que no intentes mostrarte fría o distante.

—No sabes lo que me estás pidiendo.

—Tal vez sí –dijo besándola con tanta fuerza que la hizo golpearse la cabeza con la pared–. Lo siento.

—Está bien –respondió–. Bésame con fuerza.

Estaba dispuesta a olvidarse de todo y simplemente disfrutar de las sensaciones.

—¿Es eso lo que quieres?

Frances trató de soltarse, pero no pudo.

—Sí.

Quería que todo fuera rápido e intenso para no pensar.

Ethan emitió un gemido y acercó sus caderas a ella para que sintiera su erección.

—Avísame si algo no te gusta. ¿Me lo prometes?

Frances se sorprendió. Nunca antes le habían dicho algo así.

—Claro —respondió.

Le subió las manos por encima de la cabeza y le sujetó las muñecas con una de sus fuertes manos.

—Me gusta la sinceridad en la cama.

—Todavía no estamos en la cama —le recordó.

Volvió a intentar soltarse, pero la tenía fuertemente sujeta.

Sintió una excitación diferente. Ethan la tenía sujeta y tenía una mano libre. Podía hacer lo que quisiera y, en cuanto se lo pidiera, se detendría.

—Date la vuelta —le ordenó, levantándole las manos lo suficiente para que se girara. Luego le apartó el pelo del cuello y no solo la besó, sino que la mordió en aquella piel tan delicada.

Frances inspiró con fuerza ante aquella inesperada sensación.

—¿Bien?

—Sí.

—Estupendo.

La mordió un poco más fuerte y a continuación la besó.

Frances cambió de posición, sintiendo cada vez más calor en la entrepierna. Ethan le bajó la cremallera y el vestido cayó al suelo. Aquellas bragas de encaje blanco poco dejaban a la imaginación.

Hizo amago de volverse para mirarlo, pero le dio un azote en el trasero y la empujó con su cuerpo contra la puerta para impedírselo.

–No mires, limítate a sentir.

Volvió a darle un azote y su cuerpo se contrajo ante aquel inesperado contacto. El deseo de volver a sentir su mano le borró todo de la cabeza.

Con la mano libre, Ethan comenzó a dibujar círculos en su cintura, apartándola de la puerta lo suficiente como para tomar con la mano uno de sus pechos y acariciar el pezón hasta endurecerlo. Luego, tiró con fuerza.

–¿Sí? –preguntó junto a su cuello.

Metió una de sus rodillas entre sus piernas y ella arqueó las caderas, buscando aligerar la presión de aquella zona de su cuerpo que le hacía difícil seguir de pie.

–Sí.

Su cuerpo se movía libremente, tratando de encontrar alivio en el orgasmo que solo Ethan podía provocarle.

–¿Quieres más? –preguntó, tirándole del pezón otra vez.

–Ethan, por favor.

A pesar del movimiento de sus caderas, no era capaz de llegar a la cima.

–No te muevas –dijo apartándose de ella.

Entonces soltó sus muñecas y apartó la rodilla. Frances sintió el frío de aquella habitación de hotel tan impersonal. A su espalda, oyó el rasgado de un plástico. Debía de ser el preservativo.

La tomó de la nuca y la hizo apartarse de la puerta.

–¿Quieres que sea brusco? –preguntó para asegurarse.

–Sí, brusco y rápido.

La llevó hasta la cama, pero en vez de dejar que se tumbara, la hizo inclinarse sobre el borde y le quitó las bragas, dejándola completamente desnuda.

Su cuerpo se estremeció de deseo y excitación mientras sentía que la tomaba de las caderas y acercaba el trasero a su miembro erecto. Sus dedos se hundieron en su carne con fuerza.

—Ethan.

Volvió a darle un azote y a punto estuvo de correrse. Se aferró a las sábanas y se quedó a la espera.

—Rápido, con fuerza y ahora mismo. Ahora, Ethan, o te juro que te odiaré por la mañana.

Se colocó junto a ella y con un gemido de puro placer masculino, la penetró de una embestida. Frances jadeó ante ese movimiento inesperado y su cuerpo lo recibió mientras él se agitaba con fuerza contra ella.

Alcanzó el orgasmo, sin parar de gemir contra las sábanas entre sacudidas de placer.

Ethan no se detuvo. Se echó hacia delante y la tomó del pelo hasta hacerla levantar la cabeza.

—¿Ya has entrado en calor? —preguntó, y Frances sintió un escalofrío en el cuerpo—. ¿Estás lista, preciosa?

No había acabado con ella. Iba a hacer que se corriera otra vez con tanta intensidad y fuerza, que cuando empezó a empujar de nuevo, enseguida se acopló a él. Le tiró del pelo para obligarla a subir la cabeza y así arquearse y levantar el trasero ante sus viriles exigencias.

Lo único que podía hacer era jadear. Deseaba

gritar, pero el ángulo de su cuello se lo impedía. Toda ella se puso rígida mientras Ethan le proporcionada lo que quería.

Esta vez, cuando su mano rozó su trasero a la vez que la embestía, Frances se corrió con la misma intensidad. No pudo evitarlo. Su cuerpo se comportaba como si tuviera vida propia. Solo sentía lo que Ethan le hacía. Aquel orgasmo fue diferente a todos los que había tenido antes, y tan intenso que hasta se le olvidó respirar.

Ethan la abrazó mientras las sacudidas de placer la recorrían. Cuando por fin cayó sobre la cama, jadeando, él le soltó el pelo y la tomó de las caderas, embistiéndola tres veces más hasta desplomarse sobre ella.

Permanecieron tumbados así unos segundos, con su cuerpo oprimiéndola contra el colchón, mientras trataba de respirar con normalidad. Muy normal no se sentía.

No sabía cómo se sentía. Desde luego que bien, maravillosamente bien. Se le había quedado el cuerpo flojo y sentía un cosquilleo en la piel.

Pero cuando Ethan se apartó de ella y la besó en la espalda, no se volvió para mirarlo. No sabía qué decir. Después de un sexo tan intenso y placentero, no se le ocurría ningún comentario mordaz.

–Enseguida vuelvo –dijo Ethan, besándola en el hombro, antes de levantarse de la cama.

Oyó que cerraba la puerta del baño y entonces se quedó a solas con sus sentimientos en medio de una habitación de hotel.

¿Qué iba a hacer ahora?

Capítulo Trece

Ethan se echó agua fría en la cara para despejarse la cabeza. Se sentía como un imbécil. No era así como solía tratar a una mujer en la cama. Normalmente se tomaba su tiempo con los preliminares antes del sexo. Pero acorralar a Frances contra la puerta y luego hacerla inclinarse sobre el borde de la cama, embestirla como si fuera un animal enloquecido... Aquello no había sido tierno ni dulce.

No se sentía responsable de sus actos. La había azotado en el trasero más de una vez. Aquello no era propio de él. Quería creer que había sido culpa de ella por aquel vestido rojo que se había puesto y que lo había llevado al borde de la locura. Pero eso no era cierto y lo sabía. Lo único que había dicho era que quería que fuera brusco y rápido. Aun así, podía haberse comportado como un caballero. Sin embargo, se había mostrado duro. Nunca antes lo había hecho. No sabía que...

Simplemente no sabía y no iba a descubrirlo quedándose allí encerrado en el baño.

Se disculparía, era lo único que podía hacer. Se había dejado llevar y no volvería a suceder.

Terminó y salió. Ni siquiera se había desnudado, simplemente se había desabrochado los pantalones. Había sido el mejor sexo que había tenido en su vida. Aun así, no podía quitarse la sensación de que había ido demasiado lejos.

Aquella impresión se intensificó al verla. Frances estaba acurrucada de lado. Se la veía pequeña en medio de las sábanas blancas. Se quedó mirándolo con los ojos muy abiertos. Parecía disgustada.

Entonces arrugó la nariz y le pareció verla sonreír.

—No estás desnudo.

—¿Acaso es un problema?

—Quería verte —contestó, estirándose en la cama—. Y no he tenido la suerte.

—Mis disculpas por haberte decepcionado.

Empezó a desabrocharse los botones de la camisa, pero ella se levantó y recorrió la distancia que los separaba. La tomó de la cintura. Quería abrazarla mientras pudiera.

¿De dónde salía aquella ridícula sensiblería? Él no era un tipo sentimental.

—Permíteme —dijo ella, y Ethan reparó en que le temblaban las manos—. Y no ha sido una decepción, ha sido maravilloso, a pesar de que no haya podido verte.

—¿No he ido demasiado lejos?

—No —contestó ella con una sonrisa nerviosa, antes de seguir con los botones—. Yo… Gracias.

Aquello no era lo que esperaba.

—¿Gracias por qué?

Le desabrochó el último botón y le quitó la camisa. Luego la camiseta y por fin los pantalones.

—¡Vaya! —exclamó, acariciándole el pecho.

Ethan trató de contener el impulso, pero no pudo.

143

–Lo siento –dijo él volviendo a la cama–. Parece que no me puedo contener teniéndote cerca.

Esta vez se metieron entre las sábanas. Ethan tiró de ella para que se colocara encima.

–¿Por qué me has dado las gracias?

Frances se tumbó sobre él y apoyó la cabeza en su pecho.

–¿De verdad te gusta que sea difícil y complicada?

–Por el momento, parece que sí.

Ella suspiró mientras dibujaba pequeños círculos en su piel.

–Nunca nadie se ha preocupado por mí de esta manera.

–Me cuesta creerlo. Eres una mujer increíble.

–Pero no me querían a mí –insistió–. Perseguían una fantasía, buscaban el halo misterioso del apellido Beaumont. Para mucha gente, soy solo rica y famosa.

Al ver que no decía nada, Frances se incorporó sobre un codo y se quedó mirándolo.

–Eso era para ti, ¿verdad?

No tenía sentido jugar a ningún juego.

–Sí, pero ya no.

–Supongo que no estoy acostumbrada a ser franca.

Tomó su rostro entre las manos y lo besó.

–¿Por qué has accedido a un matrimonio ficticio? Y no me vengas con que los empleados me quieren.

–Pero así es.

–Pocos hombres estarían dispuestos a fingir un matrimonio como parte de un acuerdo empresarial —continuó ella como si no la hubiera interrumpido—. Recuerdo que dejaste bien claro que el amor no formaba parte del matrimonio cuando pusimos las condiciones. Así que contesta.

Lo había acorralado. Pensó en echarse sobre ella, pero justo entonces, Frances se sentó a horcajadas sobre él y su cuerpo se estremeció al sentir sus piernas desnudas rodeando su cintura.

—Mis padres tuvieron una relación… extraña —dijo Ethan.

Frances se echó sobre él y apoyó la cabeza sobre sus brazos cruzados.

—¿Y qué? Mi madre fue la segunda de las cuatro esposas de mi padre. No conozco lo que es una relación normal.

La rodeó con sus brazos, disfrutando de la calidez que compartían.

—¿Has oído hablar de Troy Logan?

—No. ¿Quién es, tu padre o tu hermano?

No le sorprendió que no lo supiera. Su hermano Chadwick seguramente lo conociera, pero Frances no se movía en ese mundo.

—Mi padre. Es conocido en Wall Street por comprar compañías y sacar beneficio escindiéndolas.

—No parece muy diferente a lo que haces.

—Yo no escindo empresas, las reestructuro —dijo, y al ver que lo miraba enarcando una ceja, añadió—: Bueno, sí, tienes razón. Trabajamos en el mismo campo.

—¿Y tu madre?

—Wanda Kensington —contestó, y se preparó para la reacción.

No tuvo que esperar demasiado.

—¿Qué? ¿Te refieres a Wanda Kensington, la artista?

—No sabes cuánto me extraña que alguien conozca a mi madre, pero no a mi padre —dijo, apartándole un mechón de pelo de la cara.

—No cambies de tema —dijo sentándose.

Sus pechos desnudos quedaron a la altura de la vista de Ethan. En medio de ellos brillaban los diamantes que le había comprado.

—Tu madre es muy conocida en el ámbito artístico. Tiene obras que le han llevado más de un año. No recuerdo haber leído que tuviera una familia.

—No solía estar en casa. No sé por qué se casaron ni por qué su matrimonio duró. Creo que ni siquiera se gustaban. Lo suyo nunca tuvo sentido —admitió—. Pasaba largas temporadas fuera de casa y quedábamos al cuidado de niñeras con las que mi padre se acostaba. Y luego, cuando regresaba, era como si no hubiera pasado el tiempo y volvía a ser una madre cariñosa.

Ethan se sorprendió al reconocer una nota de amargura en su voz. Hacía tiempo que había hecho las paces con su madre. O, al menos, eso pensaba.

—Supongo que lo intentaba. En una ocasión se quedó tres meses. Después de Navidad, se fue de nuevo. Nunca sabíamos cuándo se iría o cuándo volvería a aparecer.

—Así que formaste parte de su composición artística.

Nunca lo había pensado de aquella manera.

—Es una forma de verlo. Pero no fue tan malo. Ninguno de los dos se ponía celoso ni montaba

146

dramas. Eran un matrimonio solo porque lo decía un papel.

—Una farsa —le corrigió Frances.

Ethan le acarició los muslos, haciéndole cambiar de postura por su erección.

—Nunca pensé que algo así pudiera repetirse.

Pero eso había sido antes de que conociera a Frances sin su coraza, antes de que empezara a gustarle la mujer que había debajo.

Ella balanceó sus caderas y el cuerpo de Ethan reaccionó. Le acarició los pezones con más suavidad esta vez, y Frances gimió. No debería desearla tanto. La pasión no había formado parte de sus planes nunca.

La hizo levantarse lo suficiente como para ponerse un preservativo y luego dejó que se volviera a colocar encima. Frances se hundió en él, gimiendo de puro placer. Aquello era auténtico. Para él, era mucho más que un apellido.

Ella comenzó a subir y bajar lentamente, tomándose su tiempo, dejando que le acariciara los pechos hasta hacerla jadear. Ethan se echó hacia delante, tomó en su boca uno de los pezones y lo mordisqueó.

Tal vez no sintiera nada por él por la mañana y estaba en su derecho. Él sí sentía algo y eso iba a ser un problema.

Pero mientras Frances se echaba hacia delante, invitándolo a que succionara con más fuerza sus pechos, no le importó. Aquella mujer difícil y complicada era suya.

Después de que se desplomara sobre él y se quitara el preservativo, permanecieron abrazados.

Quería decirle muchas cosas, pero no sabía cómo hacerlo, algo que no era propio en él. Era un hombre resuelto.

–Entonces, ¿vamos a casarnos la semana que viene? –preguntó ella con voz adormilada.

–Si quieres, sí –dijo, aunque no le pareció una buena respuesta–. Pensé que habíamos quedado en que no hablaríamos del acuerdo esta noche.

–Y no vamos a hacerlo. Es solo que esto lo cambia todo.

–¿Ah, sí?

Se volvió para apagar la luz y luego tiró de las sábanas para cubrirse. ¿Cuándo había sido la última vez que había pasado la noche con una mujer en sus brazos? No lo recordaba. No había compartido demasiadas noches con sus parejas anteriores.

La rodeó con su brazo y la estrechó contra él. Sintió algo frío, el collar. Era todo lo que Frances llevaba puesto.

–Se supone que no íbamos a vivir juntos ni a acostarnos.

Él bostezó y se encogió de hombros.

–Tal vez acabemos más casados de lo que habíamos pensado en un principio, me refiero al lecho conyugal y todo eso.

–¿Y eso te agrada?

–Me agradas tú –dijo, besándola en la cabeza–. Cuando hicimos el acuerdo, no pensé que me iba a gustar tanto estar contigo.

–Te refieres al sexo. No creías que te iba a gustar acostarte conmigo.

Parecía dolida, aunque no sabía si estaba fingiendo o era de verdad.

148

—No, no lo creía. Me refiero a que no pensé que lo pasaría bien contigo. No se me pasó por la cabeza que me fueras a gustar tanto.

Nada más decir aquellas palabras, supo que había hablado más de la cuenta. Tenían que haberse dormido en vez de mantener aquella conversación.

Frances se puso rígida y se sentó, apartándose de él.

—Ethan, te dije que no sintieras nada por mí.

—Lo dices como si tuviera otra opción.

—La tienes.

—No, no la tengo. No puedo evitarlo. No tenemos que darnos prisa en casarnos. Estoy dispuesto a esperarte.

—Parece como si estuvieras deseando casarte conmigo —dijo Frances, levantándose de la cama.

Ethan encendió la luz.

—¿Ocurre algo?

—¿Que si ocurre algo?

Frances recogió el vestido y empezó a ponérselo. En cualquier otra situación, observar a Frances Beaumont vestirse hubiera sido todo un espectáculo. Pero no en aquel momento, mientras trataba de subirse la cremallera.

—Frances, ¿adónde vas? —preguntó él, levantándose de la cama.

—Esto ha sido un error.

La vio ponerse la coraza a la misma velocidad que el vestido.

—No, ha sido algo bueno, maravilloso. Es lo que podemos tener si estamos juntos.

—Sinceramente, Ethan, no existe un «nosotros». Ni ahora ni nunca. Pensaba que eras más listo. Nos acostamos y de repente te enamoras. Eso es inacep-table.

—Podría serlo.

—Esto no deja de ser una relación esporádica, un matrimonio temporal —dijo poniéndose el abri-go y anudándose de mala manera el cinturón—. Te lo advertí, pero no me escuchaste.

—¿Puedes calmarte y contarme qué está pasan-do? Sí te escuché, escuché atentamente cuando me dijiste que querías que te cortejara con flores, regalos y atenciones.

—Yo no…

—Te escuché cuando me contaste tus planes de abrir una galería y cuando me dijiste que tu familia te había pillado con la guardia bajada.

—No siento nada por ti.

—No te creo. He visto cómo eres de verdad.

Frances se irguió.

—¿Ah, sí? Pensé que se te daba mejor jugar, Ethan. Qué decepción que seas como el resto.

Abrió la puerta de la habitación y cerró dando un portazo, dejando a Ethan sin saber qué demo-nios había pasado.

Capítulo Catorce

¿Cuándo había perdido el control? Aquella era la pregunta que Frances no dejaba de hacerse mientras el ascensor bajaba al vestíbulo. Le pidió al portero que llamara a un taxi, y no dejó de preguntarse lo mismo de camino a la mansión.

Entró de puntillas en la casa. Estaba en silencio y a oscuras. Claro que pasaba de la medianoche. El servicio se habría ido ya, y Chadwick, Serena y su hija debían de estar durmiendo, así como sus hermanos más pequeños.

Se sentía muy sola.

Se quitó los zapatos y se fue a su habitación. Tiró con fuerza de la cremallera y oyó que se rasgaba la tela. Era una lástima, porque aquel era uno de sus mejores vestidos.

Sacó su horrible pijama de franela, de color turquesa y sin forma. Era suave, cálido y reconfortante.

Vaya lío. Era consciente de que todo se estaba complicando solo por ser quién era.

¿Hablaba en serio Ethan? Le habría creído si le hubiera dicho antes del sexo que le gustaba estar con ella y que la consideraba maravillosa. Era lo que se esperaba, palabras para seducir. Pero no las había dicho en ese momento. Lo que le había dicho podía considerarse ofensivo: que le hacía la vida difícil, que lo volvía loco, que era una mujer complicada…

Aquellas no eran las palabras de un hombre que buscara acostarse con ella. Eran las palabras de un hombre sincero.

Y después, había permanecido entre sus brazos, sintiendo que le había enseñado algo más que su cuerpo y escuchándole decir que disfrutaba con ella, que le gustaba, que…

Estaba dispuesto a retrasar aquel matrimonio de conveniencia por esperarla.

Aquello se suponía que iba a ser un juego que ya había jugado antes y que volvería a jugar. Sí, el juego duraría más tiempo, pero las reglas serían las mismas.

Se metió en su cama, tan grande como la de Ethan. La sentía vacía en comparación con la que había dejado.

Ethan no estaba cumpliendo las reglas, estaba cambiándolas. Le había advertido de las consecuencias, pero había seguido haciéndolo. Aquello era demasiado para Frances, demasiada franqueza y demasiada complicidad.

Ya antes se le habían declarado otros hombres. Le habían confesado el amor y la admiración que sentían por ella, pero ninguno había hablado en serio. En su mundo, nadie hablaba en serio. El amor era una moneda con la que comerciar, el sexo un reclamo. Si se jugaba bien, se conseguían diamantes, casas y dinero. Si se perdía, no se conseguía nada.

Se hizo un ovillo, al igual que hacía de pequeña cuando sus padres discutían. A punto estuvo de levantarse a buscar el teléfono y llamar a Byron para decirle que se había precipitado y que necesitaba un par de días para dejar que las cosas se enfriaran.

Pero era tarde y Byron seguramente estaría durmiendo. Además, al día siguiente era viernes, viernes de donuts.

Iba a tener que enfrentarse a él, y con público, tal y como tenían planeado. Y no sabía qué ponerse.

Delores apareció con un montón de sobres de correo interno. Ethan la miró, tratando de mantener la calma.

No había vuelto a saber nada de Frances desde que saliera precipitadamente de su habitación, dos noches atrás, y se estaba poniendo nervioso. No le gustaba estar nervioso.

—¿Han llegado ya los donuts? —preguntó como si tal cosa.

—No la he visto todavía, pero puedo preguntarle a Larry si ya está en el edificio —contestó Delores, y le tendió un sobre grueso.

—¿Qué es esto?

No ponía quién era el remitente. Tan solo se leía: *E. Logan.*

—No lo sé. Iré a ver qué pasa con los donuts.

Ethan tomó un abrecartas y abrió el sobre.

Había una pequeña nota amarilla en la portada de la carpeta en la que se leía: *Puede que nos interese a ambos, C. Beaumont.*

La sensación de incertidumbre no le agradaba, y eso era lo que le producía aquella carpeta. ¿Qué pensaría Chadwick Beaumont que podía ser de interés mutuo? Lo único que se le venía a la cabeza era Frances.

¿Qué podía haber en aquella carpeta tan gruesa sobre Frances? Las posibilidades, desde el chantaje a toda clase de perversiones, se le pasaron por la cabeza. Apartó aquellos pensamientos y abrió la carpeta.

Encontró un documento de Zeb Richards, el propietario de ZOLA.

Asombrado, se dispuso a leer la información. Zeb Richards había nacido en Dénver en 1973 y tenía una diplomatura en Arte y un máster en Administración de Empresas de la Universidad de Georgia. En la actualidad vivía en Nueva York. Había una pequeña foto de aquel hombre, la primera que Ethan veía.

Su cara le sonaba. Había algo en el rostro de aquel hombre que le resultaba familiar, tal vez su mentón. Llevaba el pelo oscuro muy corto, al estilo en que lo llevaban los hombres de raza negra. Pero estaba seguro de que recordaría a alguien llamado Zeb.

Pasó la página y encontró otro documento, esta vez un certificado de nacimiento. El documento confirmaba que Zebadiah Richards había nacido en Dénver en 1973. Su madre se llamaba Emily Richards y junto al espacio destinado al padre, aparecía el nombre de Hardwick James Beaumont.

Ethan volvió a mirar la foto. Sí, aquel mentón era el mismo que el de Chadwick y Phillip. El parecido entre los hermanos era evidente. Frances también se parecía a ellos, aunque su mentón era más femenino y delicado. A la vista de su físico, la madre de Zeb debía de ser afroamericana.

De repente, le vio sentido a todo aquel revuelo que había levantado ZOLA para vender la cervecera Beaumont. No era una compañía rival tratando de desacreditar la empresa de Ethan, ni tampoco un accionista buscando beneficiarse con la venta.

Aquello era personal y no tenía nada que ver con Ethan, salvo porque estuviera al mando de la cervecera Beaumont y fuera a casarse con una Beaumont, algo que no confirmaría hasta que la viera durante el reparto de donuts.

–Delores –dijo por el interfono–, ¿le han entregado este sobre en mano?

–Estaba en mi mesa esta mañana, señor Logan.

–Necesito hablar con Chadwick Beaumont. ¿Puede conseguirme su número?

–Por supuesto. Ah, y la señorita Beaumont ya ha llegado al edificio.

–Gracias.

Apagó el interfono y guardó la carpeta en el sobre.

Aquello no era asunto suyo. ¿Un hijo bastardo buscando causar problemas a sus hermanastros?

Chadwick debía de tener un peculiar sentido del humor al considerar a Zeb Richards un asunto de mutuo interés.

Pero Frances... ¿conocía a los hijos que su padre había tenido con otras mujeres sin casarse? No, Ethan recordaba que le había dicho que no los conocía, solo que sabía que existían.

Así que, por el momento, no hacía falta que supiera de Zeb Richards.

A menos que…

La noche anterior, después de volverse a poner la coraza, le había dicho que había imaginado que se le daría mejor jugar.

¿Formaría parte de aquel juego Zeb Richards?

Solo porque Frances no conociera a todos los hijos ilegítimos de su padre no significaba que hubiera sido sincera.

Le había preguntado por qué quería casarse con ella. Él no se lo había preguntado. Había dado por sentado que era para conseguir dinero para la galería de arte. ¿Qué otra cosa obtenía con aquel acuerdo? ¿Por qué había aparecido con los donuts la semana pasada?

Tenía la respuesta en aquel sobre, justo delante de él.

Venganza.

¿No le había dicho que había perdido una parte de ella cuando su familia había perdido la cervecera y que debería odiarlo por ello?

El hecho de que Frances hubiera aparecido en su vida al mismo tiempo que aquel inversor pretendía hacerse con su negocio, más que una simple coincidencia, parecía guardar relación.

¿Y si no solo sabía que Zeb Richards era su hermanastro, sino que lo estaba ayudando y proporcionando la información que obtenía tanto de él como de la gente que confiaba en ella?

¿Lo sabía Chadwick o simplemente lo sospechaba? ¿Era por eso por lo que le había mandado aquel documento?

Ethan había dado por sentado que había sido su encuentro con Phillip Beaumont lo que había

propiciado la aparición de Chadwick en la cervecera. Pero ¿y si había algo más? Tal vez alguno de los
leales empleados de Chadwick le había advertido
de que Frances iba por ahí haciendo preguntas.

Si eso era así, ¿de qué lado estaría Chadwick?
¿Del de Ethan, del de Frances, del de Zeb Richards?

Se le estaba levantando dolor de cabeza. Con
una medio sonrisa cayó en la cuenta de que aspi-
raba a formar parte de una familia tan descontro-
lada que nadie sabía con certeza quiénes eran sus
miembros.

—Esta aquí —dijo Delores, interrumpiendo sus
pensamientos.

Ethan se levantó y se colocó bien la corbata. Tenía que concentrarse en Frances, lo más importante en aquel momento. Era la mujer que se había
llevado a la cama y de donde la había hecho salir
corriendo al reconocer lo que sentía por ella. También era la mujer que podía llevarlo al fracaso con
su juego.

No tenía ni idea de qué versión de Frances
Beaumont iba a encontrarse al otro lado de la
puerta.

Deseaba estar equivocado, que todo fuera una
simple coincidencia. No quería admitir que se había equivocado al juzgarla, que lo había tomado
por un completo idiota.

Porque si lo hacía, no sabía qué camino debía
tomar a partir de aquel momento. Seguía siendo el
presidente de aquella compañía. Seguía teniendo
un acuerdo con ella para casarse e invertir en su
galería. Tenía que proteger a su empresa. En cuanto la cervecera estuviera reestructurada, levantaría

157

el vuelo y se marcharía a otra compañía que necesitara ser dirigida con mano de hierro. Después se divorciarían y cada uno seguiría con su vida.

Abrió la puerta y se encontró a Frances en vaqueros y botas. Llevaba un jersey amplio y grueso, y el pelo recogido en un moño. Nada de blusas de seda ni de zapatos de tacón. Se la veía sencilla, lo que resultaba chocante, porque Frances Beaumont no era una mujer sencilla.

A pesar del dolor de cabeza, de que no se le diera bien jugar a aquel juego y de que ella no sintiera nada por él, se alegró de verla.

—Frances.

—¿Donuts de chocolate negro?

Incluso su maquillaje era discreto. Tenía una expresión inocente, como si, al igual que él, todavía estuviera tratando de comprender lo que había pasado entre ellos la noche anterior.

¿Estaba siendo sincera o sería parte del juego?

—Te he reservado dos —dijo sujetando la caja.

—Pasa. Delores, no me pase llamadas.

—Aunque sea…

—Le devolveré la llamada.

Sí, necesitaba hablar con Chadwick, pero antes tenía que hacerlo con Frances. Tenía en su rostro la misma expresión que la última vez que se habían visto. Ya no estaba seguro de que fuera confusión.

Entró pasando a su lado con la cabeza alta y aire majestuoso. Ethan deseó dedicarle una sonrisa. Ya fuera con vestidos de noche o con vaqueros, tenía un porte muy elegante.

Pero no sonrió. No sentía nada por él. ¿Y él por

ella? Había deseado tenerla a su lado y cuidarla, lo cual había sido un gran error por su parte.

Así que en cuanto se cerró la puerta, decidió no mostrar ningún interés por ella. No la tomaría entre sus brazos ni trataría de susurrarle palabras bonitas al oído.

No la reconfortaría. No podía hacerlo.

Frances dejó la caja de donuts en la mesa de centro hecha con la rueda de la carreta, se sentó en el sofá y recogió los pies bajo sus piernas.

—Hola —dijo en tono dulce.

Aquello no le gustó. No podía dejar que jugara con sus sentimientos.

—¿Cómo estás hoy? —preguntó él con cortesía.

Luego fue hasta su escritorio y se sentó. Le parecía el lugar más seguro, a unos cinco metros de distancia y con un montón de muebles antiguos entre ellos.

—Te he traído donuts —dijo ella mirándolo con sus enormes ojos.

—Gracias.

De repente, se dio cuenta de que estaba tamborileando con los dedos en el sobre que Chadwick le había enviado y se obligó a quedarse quieto.

—No es nada —replicó decepcionada.

Aquello estuvo a punto de hacerle flaquear. No quería decepcionarla, pero no le quedaba otra.

Pero ¿qué se suponía que debía hacer? La noche anterior se había entregado completamente a ella y ¿qué había pasado? Que lo había roto en pedazos. Le había molestado que sintiera algo por ella.

Volvió a mirar el sobre. Tenía que averiguar qué implicación tenía en todo aquello.

–¿Qué tal va la galería?

–Bien. ¿Vamos a…? –comenzó, y carraspeó–. ¿Seguimos adelante? Me refiero a nuestro acuerdo.

–Por supuesto. ¿Qué te hace pensar lo contrario?

Frances respiró hondo.

–Yo… Bueno, anoche dije cosas que no fueron demasiado amables. Has sido maravilloso conmigo y no he sabido ser agradecida.

¿Se estaba disculpando por haber herido sus sentimientos? ¿Era posible que, bajo la coraza, sintiera algo por él?

No, probablemente no. Una vez más, lo estaba poniendo a prueba.

–En ningún momento he dado por sentado que esta relación, o como quieras llamarlo, se basa en la cordialidad. Tenías razón. Los sentimientos no tienen cabida. Después de todo, un acuerdo es un acuerdo.

Ella se quedó sorprendida. Esta vez, no le ofreció romper el acuerdo ni posponer la boda.

–Claro.

Su rostro se ensombreció y se rodeó con los brazos por la cintura. Parecía estar esforzándose por mantener la compostura.

–Entonces, tendremos que comprometernos pronto –añadió ella.

–Si te parece bien, esta misma noche. He hecho una reserva para continuar con nuestro recorrido por los mejores restaurantes de Dénver.

–Me parece bien –dijo, aunque no parecía convencida.

–Tengo una pregunta. Anoche me preguntaste que por qué he accedido a casarme contigo, siendo una desconocida.

–Tampoco es tan extraño –replicó ella–. Además, lo empleados me adoran.

–Se me olvidó preguntarte qué sacas tú de todo esto. Por qué quieres casarte con un desconocido.

Ella palideció.

–Por la galería –respondió con voz temblorosa–. Va a ser mi trabajo y mi espacio. El arte me gusta y se me da bien. Necesito la galería.

–Sí, estoy seguro –dijo sin dejar de mirarla.

De nuevo tenía la mano en el sobre. Maldito sobre, maldito Zebadiah Richards y maldito Chadwick Beaumont.

–Pero eso no es todo, ¿verdad? –añadió.

Lentamente, Frances movió la cabeza de un lado para otro como si estuviera negando inconscientemente.

–Por supuesto que eso es todo. Se trata de un acuerdo sencillo.

–¿Con el hombre que representa la pérdida del negocio familiar y de la identidad de la familia?

–Bueno, sí, por eso necesito la galería. Necesito empezar de nuevo.

Ethan le dedicó una mirada gélida, la que empleaba en sus negociaciones empresariales y con la que conseguía que los empleados hicieran lo que quería, cuando quería.

Por suerte, no se vino abajo. Se habría sentido decepcionado si lo hubiera hecho. La tenía acorralada y ambos lo sabían.

–Buscas venganza.

Aquella afirmación se quedó colgada en el aire. Frances miraba de un lado a otro como si estuviera buscando una vía de escape. Al no encontrarla, se enderezó en el asiento.

Ethan pensó que iba a negarlo. Por alguna razón, era lo que quería, que le hiciera frente. No quería que se mostrara frágil, sumisa y arrepentida. Quería que luchara con uñas y dientes, quería que fuera una guerrera y que sus armas fueran las palabras.

—No sé de qué estás hablando —dijo estirándose en el asiento y alargando las piernas delante de ella.

Luego se irguió, sacando pecho.

Esta vez, Ethan sí sonrió. Se lo iba a poner difícil. Aquella era la mujer que había entrado en su despacho hacía una semana, usando su cuerpo como arma de destrucción masiva. Aquella era la mujer de la que se podía enamorar.

Rápidamente, apartó aquel pensamiento de su cabeza.

—¿Cómo pensabas hacerlo? ¿Ibas a sacarme información o la ibas a conseguir de los empleados mientras los atiborrabas con donuts?

—¿Atiborrarlos? Ni que estuviera poniendo suero de la verdad en los dulces.

Ethan reparó en que llevaba el collar que le había regalado la noche anterior. Por alguna razón, aquello le distrajo más que su pose seductora.

—Lo que quiero saber —dijo él con voz calmada—, es si Richards te contactó a ti o tú a él.

Abrió la boca para decir algo, pero al oír mencionar el nombre de Richards se detuvo. Parpadeó y lo miró confusa.

–¿Quién?

–No te hagas la tonta conmigo, Frances. Tú misma lo dijiste, esto es parte del juego. Es solo que no me había dado cuenta de lo lejos que podía llegar hasta esta mañana.

–¿Quién es Richards?

–No te hagas la inocente, no está funcionando.

Bruscamente, Frances se levantó.

–No sé quién es Richards. No me dedico a atiborrar a nadie de donuts para conseguir que me cuenten nada. Además, lo primero que me dirían es que eres un imbécil que no sabe llevar la cervecera. Puedes acusarme de planear una supuesta venganza con un tal Richards si eso te hace sentirte mejor por no ser capaz de hacer bien tu trabajo sin tenerme sonriendo como una estúpida a tu lado. De momento, vete al infierno.

Salió del despacho con toda la frialdad que era de esperar. Ni siquiera se molestó en cerrar la puerta al salir.

–Esta noche cenamos juntos –le gritó, deseando tener la última palabra.

–Ja –fue todo lo que la oyó decir mientras se alejaba de él.

Seguramente, Delores había oído aquello último y, si de verdad lo había oído, todos en la empresa se enterarían.

El caso era que no había conseguido averiguar nada sobre el grado de implicación de Frances con ZOLA y Zeb Richards. Pensaba que era capaz de adivinar sus pensamientos, pero se había dado cuenta de que no. No tenía ni idea de si podía confiar en lo que decía o de saber si le decía la verdad.

Un teléfono sonó. Al poco, Delores asomó la cabeza por la puerta.

–Sé que me dijo que nada de llamadas, pero tengo al teléfono a Chadwick.

–Pásemelo.

Iban a comprometerse aquella misma noche y Frances debía empezar a pasar las noches con él. Se casaría con ella el fin de semana siguiente para poder afianzar el control de la compañía. Ese era el acuerdo.

–¿Quién demonios es Zeb Richards? –preguntó nada más descolgar.

Capítulo Quince

Frances llegó a la galería o, más bien, a lo que iba a ser la galería. De momento, era tan solo un local vacío.

Becky estaba allí con unos contratistas, analizando las posibilidades para la iluminación.

–Ah, Frances, ya estás aquí –dijo con voz risueña–. ¿Pasa algo?

–Sí –le aseguró Frances–. ¿Por qué iba a pasar algo? Disculpa.

Esquivó a los contratistas y se dirigió a la oficina. Al menos, aquella habitación contaba con paredes y una puerta con cerrojo para esconderse.

¿Por qué iba a pasar algo? Lo había estropeado todo, algo inusual en él. Ethan había sido maravilloso. Había pasado una semana con él y había bajado la guardia a su lado. Se había acostado con él.

Pero había abierto la boca y había metido la pata, y ahora él se mostraba frío.

Se sentó en el que sería su escritorio y se quedó mirando la superficie de madera. Le había dicho que le gustaba que fuera difícil y complicada, y a punto había estado de creerlo.

Pero no lo había dicho de corazón, aunque él pensara que sí. No le cabía ninguna duda de que se había imaginado capaz de dominar las complejidades de su familia, superando a sus hermanos en una demostración de talento y hombría.

El muy tonto se había creído que podría controlarla, pero no había podido. Tal vez nadie pudiera.

Le había seguido la conversación de aquel día. ¿De qué había ido todo aquello? De venganzas. No le había mentido. Le había dicho que había perdido una parte de ella cuando la cervecera había sido vendida.

¿Quién demonios era aquel Richards con el que supuestamente estaba conspirando?

Aun así, un acuerdo era un acuerdo. Y, tal y como Ethan había dejado claro esa misma mañana, aquello no era más que un acuerdo.

Era mejor así. No podía controlar a Ethan cuando se ponía tierno y dulce y le decía aquellas cosas tan ridículas como que estaba dispuesto a posponer la boda porque la espera merecía la pena.

Cuanto antes se diera cuenta de que no merecía la pena, mejor.

El pomo de la puerta giró, pero el cerrojo impidió que se abriera.

—¿Frances? —dijo Becky—. ¿Puedo pasar?

A regañadientes, Frances se levantó y le abrió la puerta a su amiga. Un acuerdo era un acuerdo, y más si ella no era la única que necesitaba la galería.

—Sí.

Becky pasó a su lado y cerró la puerta.

—¿Qué pasa?

—Nada —mintió Frances, y trató de sonreír.

Becky la miró horrorizada al ver su expresión.

—Dios mío, ¿qué ha pasado?

—Ha sido solo una discusión, pero no afecta al

acuerdo –dijo Frances con más convicción–. Es solo que pensé que era diferente. Pero creo que es como todos.

Ese era el problema. Había pensado que Ethan estaba interesado en ella, más allá que en su apellido o en su familia.

¿Por qué no le había tomado la palabra? ¿Por qué había tenido que insistir e insistir hasta hacer desaparecer el afecto que sentía por ella? ¿Por qué no lo había dejado estar y había aceptado sus flores, sus diamantes y sus muestras de afecto y camaradería?

¿Por qué había tenido que estropearlo todo?

Se lo había advertido. Le había dicho que no sintiera nada por ella y había hecho todo lo posible para que así fuera.

Había echado a perder muchas cosas en su vida. Había perdido verdaderas fortunas en tres ocasiones. Nunca le habían roto el corazón porque nunca había habido nada que romper.

Aquella relación había estado condenada desde el principio, pero no iba a permitir que la galería fracasara. Necesitaba un trabajo estable y la sensación de tener un objetivo, más que oírle decir a Ethan que le gustaba que fuera una mujer compleja.

Inesperadamente, Becky le dio un abrazo.

–Lo siento, cariño.

–No pasa nada, Becky. Me he llevado una decepción, pero no es el fin del mundo.

Cuanto más se lo repitiera, más se lo creería.

–Ahora, vete –añadió como si tal cosa–. Esos contratistas no trabajan gratis.

Tenía que hacer que la galería funcionara. Tenía que hacer lo que fuera para no pensar en Ethan, aunque no le iba a resultar fácil si iba a cenar con él aquella noche.

Se puso el vestido verde. Se sentía más poderosa con el vestido verde que con el de dama de honor. Era el mismo que se había puesto el primer día para ir a la oficina. Ethan lo reconocería, pero no podía hacer nada.

Se recogió el pelo y se puso el collar que le había regalado. Le resultaba raro llevarlo, sabiendo que lo había elegido él mismo, pero era una joya preciosa y le iba con el vestido. Además, aquella noche iban a comprometerse y lo adecuado era ponerse los diamantes que le había regalado.

Entró en el restaurante con la cabeza alta y una sonrisa en los labios. Aquello no tenía que ver con Ethan, sino con ella y con lo que quería conseguir. Y si eso incluía un sexo increíble de vez en cuando, mejor. Le gustaba el sexo y él era muy bueno.

Ethan estaba esperándola en la barra una vez más.

—Frances —le dijo antes de darle un abrazo y besarla en la mejilla—. ¿Nos sentamos?

No se le pasó por alto que había evitado besarla en los labios.

—Claro.

Iba preparada y dispuesta a no dejarse acorralar.

—Tienes mejor aspecto —dijo, apartándole la silla.

–Vaya, ¿acaso no cumplía tus altas exigencias esta mañana?

Ethan esbozó una sonrisa irónica.

–También pareces encontrarte mejor.

–Bueno –dijo ella sin molestarse en leer la carta–, cuéntame quién es ese misterioso Richards. Si me van a acusar de espionaje industrial, al menos debería conocer algunos detalles.

La sonrisa se le congeló a Ethan, y Frances se sintió poderosa al haberlo pillado desprevenido.

–De hecho –comentó él bajando la vista a la carta–, no quería que habláramos de eso. Te debo una disculpa.

¿Le debía una disculpa? Aquella misma mañana la había acusado de traicionarlo y en aquel momento, ¿disculpas?

No, no quería que se mostrara interesado por sus sentimientos porque entonces estaría perdida. Se quedó mirando la carta.

–¿Sabes quién es Zeb Richards?

–No, aunque supongo que es ese Richards en cuestión.

Estaba evitando mirar a Ethan. De repente se dio cuenta de que estaba jugueteando con los diamantes que llevaba al cuello y no pudo hacer nada por evitarlo.

–Así es. Creo que no soy yo el que debería decirte esto, pero no quisiera mostrarme condescendiente…

–Demasiado tarde para eso –murmuró ella tratando de mostrarse desinteresada.

–Una compañía llamada ZOLA está intentando complicarme la vida. Están haciendo correr rumores acerca de que mi empresa está fracasando con la reestructuración y que AllBev quiere vender la cervecera. Supongo que su intención es hacer caer el precio.

—¿Y qué tiene eso que ver conmigo?

—ZOLA está dirigida por Zeb Richards.

Esta vez, Frances bajó la carta.

—¿Y? Cuéntamelo todo, Ethan.

Por primera vez, Ethan no parecía muy seguro de sí mismo.

—Zeb Richards es tu hermanastro.

—Tengo muchos hermanastros. De todas formas, no recuerdo a ninguno llamado Zeb.

—Cuando esta mañana descubrí que erais familia, pensé que estabas trabajando con él.

—¿Cómo has descubierto que es hermanastro mío?

—Por Chadwick.

—Debería haberlo imaginado —murmuró ella.

—Le pregunté si sabía algo de ZOLA y me mandó una carpeta con información sobre Richards, incluyendo una prueba de que Zeb y tú sois familia.

—Qué detalle contártelo a ti y no a mí.

Estaba harta de que Chadwick se metiera en sus asuntos.

—Esta mañana, cuando viniste a la oficina, no tenía todos los detalles e hice una serie de suposiciones que no fueron justas contigo.

—¿Y qué has descubierto desde entonces para que me hayas exonerado? —preguntó y, al ver que Ethan bajaba la vista, añadió—: ¿Chadwick de nuevo?

–Así es. Está convencido de que nunca has tenido contacto con otros hermanastros, así que siento lo de esta mañana. Me preocupaba que estuvieras compinchada con Richards para hundir la cervecera, pero ya me he dado cuenta de que estaba equivocado.

Aquello debería hacerla sentir mejor, pero no fue así.

–¿Eso era lo que te preocupaba? ¿Por eso lo de esta mañana?

Así que no había sido por ella ni por la manera en que se había marchado la noche anterior de la habitación del hotel.

Había estado preocupado por la compañía y no por ella.

Aquello no debería dolerle. Después de todo, su relación estaba construida sobre la premisa de que buscaba lo mejor para la compañía, tanto para la cervecera como para su propia empresa.

No debería molestarle, pero era curioso que sí lo hiciera.

–Pensaba que estabas intentando reconstruir la identidad de tu familia. Era la conclusión más lógica. Lo siento.

Frances se quedó mirándolo fijamente. Había querido vengarse y ponerlo en su sitio, pero no había conspirado con un hermanastro al que ni conocía para echar abajo la compañía.

No tenía ningún interés en echar abajo la compañía. La gente que trabajaba allí eran sus amigos, su segunda familia. Si destruía la compañía, los destruía a ellos. Y también a Ethan.

–¿Hablas en serio? ¿De veras te estás disculpando?

Él asintió y se echó hacia delante.

—Debería haber tenido más fe en ti. Es un error que no volveré a cometer.

Como disculpa, no estaba mal. Pero había un problema.

—¿Y eso es todo? En cuanto las cosas se complican, das por sentado que pretendía arruinarte. Pero ahora que mi hermano te ha confirmado que nunca había oído hablar de Zeb Richards, vuelves con la cantinela de que te gusta que sea compleja.

La mirada de Ethan se endureció. Debía de estar hablando más alto de la cuenta.

—Estamos en público.

—Sí, ¿y qué?

—Esta es la noche en la que voy a pedirte que te cases conmigo.

A pesar de la batalla dialéctica en la que estaban sumidos, un escalofrío le recorrió la espalda. Había empleado el mismo tono de voz que cuando se había echado sobre ella en la cama y la había hecho correrse.

—¿Ah, sí? ¿Sueles pedir matrimonio cuando estás perdiendo una discusión?

Se quedó mirándola unos segundos antes de que sus labios se curvaran en una sonrisa, como si estuviera disfrutando de aquello.

—No, pero haré una excepción contigo.

—No.

De repente se sentía asustada de él y de lo que podía hacerle si se lo permitía.

—Ese era el acuerdo.

—No —susurró, atemorizada.

Apartó la vista ante la vista de todos los que estaban en el restaurante. Puso una rodilla en el suelo y sacó un pequeño estuche azul.

—Frances —dijo con voz potente para que todo el mundo lo oyera—, sé que no hace mucho que nos conocemos, pero no me imagino la vida sin ti. ¿Me harías el honor de casarte conmigo?

Parecía ensayado. No era el balbuceo de palabras dulces y bonitas que le habría gustado.

Todo por el espectáculo que habían planeado.

Aquel era el momento en el que debía decir que sí y confesar en público su amor por él.

Era guapo, rico y bueno en la cama. Y le gustaba cómo era.

Debía decir que sí por la galería, por Becky, por la cervecera, por los empleados…

Debía decir que sí para que Frances Beaumont volviera a ser importante y que el apellido Beaumont recuperara su prestigio.

Debía decir que sí por ella. Eso era lo que quería, ¿no?

Ethan se había quedado de piedra.

—¿Y bien? —preguntó en voz baja—. Frances.

«Di que sí ahora mismo», le decía una voz en su cabeza.

—Yo… No puedo.

Ethan abrió los ojos en una mezcla de horror y confusión, pero no se quedó para averiguarlo. Salió corriendo del restaurante tan rápido como se lo permitieron los tacones y ni siquiera se molestó en recoger su abrigo.

Corrió en un acto de cobardía y rendición.

Había renunciado al juego. Lo había perdido todo.

Capítulo Dieciséis

—¿Frances?

¿Qué demonios había pasado? Estaba siguiendo el guion conforme a lo planeado y de pronto había desaparecido del restaurante, dejando una estela verde.

—¡Frances, espera!

Aceleró el paso y salió tras ella. No podía marcharse así.

Sí, no había estado muy acertado ese día. Aquella mañana había actuado sin tener todos los datos y se había equivocado.

Debería haberle concedido el beneficio de la duda. Había sentido un gran alivio cuando Chadwick le había dicho que los únicos Beaumont que sabían de Zeb eran Matthew y él. Frances no había estado conspirando para hundir la compañía. De hecho, se había disculpado con él. Podían haber seguido cenando y continuar como si tal cosa.

Pero no había imaginado que saldría corriendo.

Si no quería casarse, pensó mientras la perseguía, ¿por qué no se lo había dicho? Le había ofrecido varias veces una salida y siempre las había rechazado. Al final, lo había dejado colgado con un anillo de compromiso en la mano.

La alcanzó cuando estaba a punto de tomar un taxi. Estaba temblando de frío.

–Por el amor de Dios, Frances, vas a pillar una pulmonía –dijo poniéndole su chaqueta sobre los hombros.

–Ethan.

–¿Qué estás haciendo? Era lo que habíamos acordado, ¿no?

–Lo sé, lo sé.

–Frances –dijo tomándola del brazo y apartándola del bordillo–. Habíamos quedado esta misma mañana en que te iba a pedir que te casaras conmigo y que me dirías que sí –añadió, tomando su rostro entre las manos para que lo mirara–. Cariño, háblame.

–No me llames cariño.

–Entonces, háblame, maldita sea. ¿Qué demonios ha pasado?

–No puedo. Pensé que sí, pero no. ¿No te das cuenta? –dijo ella sacudiendo la cabeza–. Pensé que no necesitaba amor, que no sería muy diferente a cuando otros hombres se me habían acercado buscando el apellido Beaumont o dinero. No esperaba que fueras diferente.

Ethan se quedó impresionado al ver una lágrima escapar de sus ojos y rodar por su mejilla.

–No se suponía que sintiera nada por ti. Y tú tampoco debías sentir nada por mí –repuso con voz temblorosa mientras comenzaban a brotar más lágrimas.

–No entiendo por qué eso es un problema para casarnos.

–Haces esto por tu compañía, no por mí –sentenció, cortándolo antes de que protestara.

Una extraña sensación se abrió camino entre

la confusión y la frustración que sentía, una sensación que nunca se permitía: pánico.

No estaba seguro de por qué. Quizá fuera porque si los empleados de la cervecera llegaban a la conclusión de que le había roto el corazón a Frances, lo descuartizarían. Aquel método infalible que había ideado para recuperar el control del negocio podía parecer una estupidez.

Pero no lo era, no lo era en absoluto.

—¿Ves? —dijo sollozando.

Estaba llorando abiertamente. Aquello también había dejado de ser un juego para ella, a pesar de lo mucho que le había recriminado que sintiera algo por ella.

—¿Cuánto duraría?

A punto estuvo de responder que un año, ese era el tiempo que habían convenido.

—Si me lo permites, podría amarte.

Frances cerró los ojos y volvió la cabeza.

—Ethan —susurró en voz muy baja—, yo también podría amarte.

Por un momento, pensó que estaba de acuerdo, que se meterían en el taxi y continuarían con sus planes.

—Pero no puedo hacerlo —añadió—. Nunca pensé que diría esto, pero quiero estar enamorada del hombre con el que me casé, y que él también esté enamorado de mí. Quiero pensar que valgo más que una empresa o que un acuerdo.

—Así es —dijo él sin sonar muy convincente.

Ella le sonrió con tristeza.

—Me gustaría creerlo, Ethan. Pero no soy un premio, ya no.

Se quitó la chaqueta y se la tendió.

No quería que se fuera.

—Quédatela, no quiero que te congeles.

Ella negó con la cabeza y sonó una bocina.

—Señorita, ¿necesita que la lleve o no?

Frances se metió en el taxi y Ethan se quedó allí, helándose de frío, viendo cómo se alejaba el coche calle abajo.

Aquella mañana, al hablar con Chadwick, había escuchado impaciente sus explicaciones acerca de Zeb Richards.

—¿Conoce Frances todo esto? —le había preguntado, desesperado por descubrir si los momentos que había compartido con ella habían sido auténticos.

—A menos que haya contratado algún detective privado, los únicos que conocemos a los hijos ilegítimos de mi padre somos Matthew y yo. Mi madre fue la que dio con los tres primeros, cuando sospechó que mi padre le estaba siendo infiel —le había contestado Chadwick.

—¿Y crees posible que haya contratado a un detective?

—¿Acaso sería un problema?

—No, es solo que intento entender el árbol genealógico de los Beaumont.

—Te deseo suerte —le había dicho Chadwick.

Ethan le había dado las gracias por la información y le había prometido compartir cualquier información que descubriera. Luego, se había comido los donuts y se había quedado pensando en la manera de arreglar lo que había pasado con Frances.

Le había asegurado que no sentiría nada por él y le había dicho que hiciera lo mismo. Debería haberle hecho caso, pero le había sido imposible. A su lado, se había movido por impulsos, incluso el acuerdo había sido fruto de un impulso, llevado por su deseo de ser más listo que Frances Beaumont.

Toda la relación había estado basada en un juego por imponerse al otro. En ese sentido, ella había tenido la última palabra y había dicho que no.

¿Qué debía hacer? Le había pedido matrimonio en público y lo había rechazado, y todo su plan se había venido abajo. Y lo peor era que no sabía muy bien por qué. ¿Sería porque no había confiado en ella aquella mañana cuando le había dicho que no conocía a ningún Richards?

¿O sería porque sentía algo por ella? Le gustaba mucho más de lo que sería recomendable.

Aquella mañana había aparecido en su oficina con los donuts que le había pedido. Había ido sin su coraza, sin su ropa de marca ni su actitud impenetrable. Se había sentado, había admitido su culpa y se había disculpado por sus actos.

Había intentado mostrarle que sentía algo por él y le había negado su confianza. Luego, había asumido que podría compensarla con diamantes y flores.

No podía dejarla marchar. Aquella mujer merecía la pena. Eso debía de ser lo que se sentía al estar enamorado.

¿Cómo iba a convencerla de que aquello no formaba parte del juego?

Frances no se sorprendió al no recibir flores ni bombones al día siguiente. Tampoco recibió nada al día siguiente ni al otro.

¿Por qué iba a recibir nada? No estaba ligada a él. No tenía derecho sobre él ni él sobre ella. Lo único que quedaba de su relación eran varios jarrones con flores marchitas y un costoso collar del que no se había desprendido.

No había sido capaz de devolverlo y lo tenía en la mesilla de noche, burlándose de ella cada vez que se acostaba.

Sin ganas de hablar, había llamado a Becky para decirle que se habían quedado sin financiación y que actuara en consecuencia.

—Ya se nos ocurrirá algo —le había contestado su amiga.

Aquello era lo que decía la gente cuando la situación era desesperada, pero necesitaban sentirse mejor.

—Quedaremos para comer un día de estos y analizaremos las opciones que tenemos —había añadido Frances antes de colgar y meterse bajo las sábanas.

Byron le había mando mensajes, pero ¿qué podía decirle? Por primera vez en su vida, no se había precipitado en algo y se sentía desdichada. ¿Por qué se sentía así? No debería seguir escondiéndose en la cama. ¡Había ganado! Le había parado los pies con una jugada inesperada y le había puesto en su lugar. Su sitio no estaba con los Beaumont ni en la cervecera.

¡La victoria era suya!

Pero no esperaba que la victoria pudiera ser tan amarga.

No creía en el amor, nunca había creído ni creería en él. ¿Por qué cuando alguien se había interesado en ella, la había hecho temblar de deseo y le había ofrecido ayuda económica a cambio de un año de su vida había salido huyendo?

Él solo hacía aquello por la compañía y, tonta de ella, acababa de darse cuenta de que deseaba tener a alguien a su lado.

Le había dicho que podría amarla y no dejaba de recordar aquellas palabras.

Todo aquello era un desastre. Por suerte, estaba acostumbrada.

Al cuarto día, se arrastró a la ducha. Había decidido dejar de lamentarse. Con lamentos no se conseguían trabajos ni se curaba un corazón roto. Tenía que levantarse y, al menos, comer con Becky o ir a ver a Byron. Tenía que hacer algo para salir de la mansión Beaumont porque estaba harta de vivir bajo el mismo techo que Chadwick.

Acababa de ponerse los vaqueros cuando oyó el timbre de la puerta. Siguió secándose el pelo sin prestar más atención.

Al poco, llamaron a la puerta de su habitación.

—¿Frannie? —preguntó Serena, la esposa de Chadwick—. Acaban de llegar estas flores para ti.

—¿Ah, sí? Espera.

¿Quién podía estarle mandando flores? Desde luego que Ethan no.

Se puso un jersey y abrió la puerta. Serena estaba al otro lado, con una extraña expresión en el rostro, pero sin flores en las manos.

–Será mejor que te ocupes tú misma de esto –dijo Serena dándose media vuelta y alejándose por el pasillo.

Frances se quedó de piedra y una alarma saltó en su cabeza.

Enfiló el pasillo y se asomó desde la barandilla. En medio del vestíbulo estaba Ethan con una rosa roja en la mano.

Debió de hacer algún ruido, porque él levantó la cabeza y sonrió al verla. Era una sonrisa sincera que le hizo desear hacer algo tan ridículo como besarlo.

Debía decir algo ingenioso y ocurrente que lo pusiera en su sitio, para volver a sentirse como Frances Beaumont aunque fuera por tan solo unos segundos.

–Has venido –fue todo lo que se le ocurrió.

–Sí –replicó él sin dejar de mirarla–. He venido a buscarte.

–Llevo días aquí.

Eso estaba mejor. Si aquello era una disculpa, quería hacerle ver que llegaba tarde.

–He tenido cosas que hacer –dijo él–. ¿Puedes bajar?

–¿Para qué?

–No quiero andar gritando –contestó ampliando su sonrisa–. Pero si hace falta, lo haré. ¡Frances! ¿Puedes bajar aquí por favor? –añadió levantando la voz.

–Está bien, está bien.

No sabía quién más aparte de Serena estaba en la casa, pero no hacía falta que Ethan gritara como un loco.

Se apresuró a bajar la escalera mientras Ethan no dejaba de observarla. Los últimos escalones los bajó despacio. No quería quedarse en el mismo escalón que él.

—Ya estoy aquí.

—Te he traído una flor —le dijo, ofreciéndole la rosa.

—¿Solo una?

—Me ha parecido adecuado —replicó mirándola—. ¿Cómo has estado?

—Bien —contestó indiferente—. He estado ocupada haciendo cosas en casa, tratando de esquivar a la prensa. Vamos, lo normal en la vida de un Beaumont.

Ethan dio un paso hacia ella y notó que se ponía rígida.

—No hace falta que lo hagas —dijo él con voz suave.

—¿Hacer qué?

—Ponerte la coraza. No he venido para discutir.

—Entonces, ¿a qué has venido?

Ethan avanzó otro paso y se quedó lo suficientemente cerca como para tocarla. Luego levantó la mano y le acarició la mejilla.

—Quería decirte que quiero luchar por ti.

Ella se quedó de piedra.

—No tenemos público, Ethan. No hace falta que hagas esto. Se ha acabado. Podemos pasar página.

—¿De veras lo crees? ¿Te parece bien?

–¿Por qué no?

–Porque no está bien. Tres días lejos de ti han estado a punto de volverme loco.

–Te vuelves loco cuando estamos juntos y también cuando estamos separados. Sabes muy bien cómo hacer que una mujer se sienta especial contigo.

Había pretendido que su comentario sonara jocoso, pero no había sido así. Por mucho que lo intentara, no lograba convencerse de que aquello no tenía importancia y, menos aún, teniendo a Ethan mirándola de aquella manera y acariciándole la mejilla.

–¿Por qué has venido? –murmuró, sin saber muy bien si quería oír la respuesta.

–He venido a por ti. Nunca había conocido a nadie como tú y no quiero dejarte escapar.

–Son solo buenas palabras.

–¿Sabes lo que significas para mí?

Frances sacudió la cabeza.

–Diamantes, flores, una rosa…

Ethan avanzó otro paso más. Sus cuerpos estaban a punto de rozarse.

–Desde ayer he dejado de ser el presidente de la cervecera Beaumont.

–¿Cómo?

–He dejado el puesto por razones personales. Mi segundo, Finn Jackson, está volando hacia aquí para hacerse cargo del proyecto de reestructuración. Todavía nos quedan algunos asuntos que resolver con AllBev, pero nada que no se pueda arreglar.

–¿Vas a dejar la cervecera?

–No era mi compañía. No significa tanto para mí como tú.

–¿Has dejado la cervecera?

–No entiendo.

Aquello no tenía sentido.

Algo en los ojos de Ethan cambió y Frances sintió un escalofrío.

–No necesito consolidar mi puesto en la compañía porque ya no trabajo en ella. No tengo por qué preocuparme de movimientos que puedan poner en peligro mi puesto porque lo he dejado. La compañía nunca ha significado más que tú.

Se quedó mirándolo sin saber qué decir. No tenía nada tras lo que esconderse.

–Así que –continuó con una expresión sincera y esperanzada–, aquí estoy. He dejado la cervecera y me he tomado una excedencia en mi empresa. Me da igual lo que piensen los demás, lo único que me importa eres tú. Incluso cuando te muestras difícil y complicada, incluso cuando digo algo inadecuado, solo me importas tú.

–No puedes estar hablando en serio –murmuró Frances.

–Pues así es. Nunca pensé que pudiera conocer a alguien que significara para mí tanto, incluso más que el trabajo. Pero así ha sido y ese alguien eres tú, Frances. Me gusta cuando te pones esa coraza porque conviertes en arte el sarcasmo y la ironía. Me gusta cuando te muestras sincera y vulnerable, y cuando me desafías y me haces ver mis errores, obligándome a convertirme en un hombre mejor y estar a tu altura.

Inesperadamente, Ethan se puso de rodillas.

–Así que voy a preguntártelo otra vez. No por la cervecera ni por los empleados ni por los que puedan vernos. Te lo pregunto por mí, porque quiero pasar mi vida contigo. Ni unos meses ni un año, toda la vida. Quiero que estemos juntos siempre.

–¿Quieres casarte conmigo?

–Me gustas –respondió él–. No debería, pero así es. Incluso te quiero y creo que deberías hacer lo mismo.

Frances abrió la boca, pero no dijo nada. ¿Qué podía decir, que cada vez se le daba mejor decir cosas bonitas, que estaba loco por haberse enamorado de ella?

Quería decirle que sí, pero tenía miedo.

–He conocido tu verdadero yo –dijo Ethan todavía de rodillas–, y eres la mujer que amo.

–¿Qué te parece si nos casamos la semana que viene?

Ese era el acuerdo, ¿no? Un idilio intenso y boda en dos semanas.

–Te estoy haciendo una pregunta sencilla –continuó–. Podemos esperar un año si quieres. Estoy dispuesto a esperarte. No quiero ir a ninguna parte sin ti.

–Lo nuestro nunca será sencillo.

La rodeó con sus brazos como si hubiera dicho que sí. Acababan de aplastar la rosa.

–Ni lo pretendo. Quiero luchar por ti cada día y que cada día me vuelvas a elegir.

¿Era posible lo que le estaba diciendo? ¿Era posible que un hombre la amara?

Él rio con ella.

—¿Y qué es lo que saco yo de todo esto?

—Una esposa difícil y complicada que te amará hasta el final de los tiempos.

—Perfecto —dijo acercando sus labios a los de ella—. Eso es exactamente lo que quería.

No te pierdas, *Heredero ilegítimo,*
de Sarah M. Anderson
el próximo libro de la serie
Los herederos Beaumont.
Aquí tienes un adelanto…

—¿Estás listo para esto? —preguntó Jamal desde el asiento delantero de la limusina.

Zeb Richards sonrió.

—Nací para esto.

No era una exageración. Por fin, después de tantos años, Zeb regresaba a casa para reclamar lo que por derecho era suyo. Hasta fechas recientes, la cervecera Beaumont había estado en manos de la familia Beaumont. Había ciento veinticinco años de tradición en aquel edificio, una historia de la que Zeb se había visto privado.

Era un Beaumont de sangre. Hardwick Beaumont era el padre de Zeb.

Pero era un hijo ilegítimo. Según tenía entendido, gracias al dinero que Hardwick le había dado a su madre, Emily, al poco de nacer, nadie de la familia Beaumont conocía de su existencia.

Estaba cansado de que lo ignorasen. Más que eso, estaba harto de que le negaran su sitio en la familia Beaumont.

Así que por fin iba a tomar lo que por derecho era suyo. Después de años de cuidada planificación, además de un golpe de suerte, por fin la cervecera Beaumont era suya.

Jamal resopló, lo que hizo que Zeb lo mirara. Jamal Hitchens era la mano derecha de Zeb. Hacía las funciones de chófer y guardaespaldas, además de preparar unas deliciosas galletas de chocolate. Jamal llevaba trabajando para Zeb desde que se rompiera las rodillas jugando al fútbol en la Universidad de Georgia, aunque se conocían desde mucho tiempo antes.

–¿Estás seguro de esto? –preguntó Jamal–. Sigo pensando que debería entrar contigo.

Zeb sacudió la cabeza.

–No te ofendas, pero los asustarías. Quiero intimidar a mis nuevos empleados, no aterrorizarlos.

Jamal se encontró con los ojos de Zeb a través del retrovisor e intercambiaron una mirada cómplice. Zeb era capaz de intimidar por sí solo.

Con un suspiro de resignación, Jamal aparcó ante la sede de la compañía y rodeó el coche para abrirle la puerta a Zeb. A partir de aquel momento, Zeb era un Beaumont en todos los aspectos.

Jamal miró a su alrededor mientras Zeb se bajaba y se estiraba los puños de su traje hecho a medida.

–Última oportunidad si quieres respaldo.

–¿No estarás nervioso, no?

Zeb no lo estaba. Aquello era de justicia y no había motivos para estar nervioso, así de simple.

–¿Te das cuenta de que no te van a recibir como a un héroe, verdad? –preguntó Jamal observándolo–. Te has hecho con esta compañía de una manera que la mayoría de la gente no consideraría ética.

Zeb miró a su viejo amigo y enarcó una ceja. Con Jamal a su lado, Zeb había pasado de ser el hijo de una peluquera a ser el socio único de ZOLA, la compañía inversora de capital privado que había fundado.

Bianca

¿Se atrevería a decirle que tenía un heredero?

Selena Blake no podía dejar de pensar en Alexis Constantinou. Antes de que sus expertas caricias le abrieran los ojos, no era más que una ingenua maestra. Desde entonces, soñaba todas las noches con una idílica isla del Mediterráneo y la tórrida aventura que le había robado la inocencia.

Pero, del corto tiempo que habían pasado juntos, Selena conservaba un vergonzoso secreto. Y cuando, por motivos familiares, tuvo que regresar a Grecia, volvió a enfrentarse al hombre cuyas caricias la habían marcado para siempre. Al volver a ver a Alexis no pudo pasar por alto la pasión que los seguía consumiendo. Sin embargo, ¿se atrevería a contarle la verdad que había ocultado a todos?

MARCADA POR SUS CARICIAS

SARA CRAVEN

Acepte 2 de nuestras mejores novelas de amor GRATIS

¡Y reciba un regalo sorpresa!

Oferta especial de tiempo limitado

Rellene el cupón y envíelo a
Harlequin Reader Service®
3010 Walden Ave.
P.O. Box 1867
Buffalo, N.Y. 14240-1867

¡Sí! Por favor, envíenme 2 novelas de amor de Harlequin (1 Bianca® y 1 Deseo®) gratis, más el regalo sorpresa. Luego remítanme 4 novelas nuevas todos los meses, las cuales recibiré mucho antes de que aparezcan en librerías, y factúrenme al bajo precio de $3,24 cada una, más $0,25 por envío e impuesto de ventas, si corresponde*. Este es el precio total, y es un ahorro de casi el 20% sobre el precio de portada. !Una oferta excelente! Entiendo que el hecho de aceptar estos libros y el regalo no me obliga en forma alguna a la compra de libros adicionales. Y también que puedo devolver cualquier envío y cancelar en cualquier momento. Aún si decido no comprar ningún otro libro de Harlequin, los 2 libros gratis y el regalo sorpresa son míos para siempre.

416 LBN DU7N

Nombre y apellido	(Por favor, letra de molde)
Dirección	Apartamento No.
Ciudad	Estado	Zona postal

Esta oferta se limita a un pedido por hogar y no está disponible para los subscriptores actuales de Deseo® y Bianca®.
*Los términos y precios quedan sujetos a cambios sin aviso previo.
Impuestos de ventas aplican en N.Y.

SPN-03

©2003 Harlequin Enterprises Limited

Bianca

-¿Prefieres a la policía o a mí?

Daisy Maddox, actriz en paro, era capaz de cualquier cosa por su hermano, incluso de entrar a escondidas en un despacho a devolver el reloj que este le había robado al millonario Rolf Fleming.

Al ser sorprendida por él, Daisy había quedado completamente a su merced. Lo que Rolf necesitaba era una esposa para poder cerrar un trato. Y aquello fue lo que le pidió, que se casase con él. Arrastrada al mundo de Rolf, Daisy se vio inmersa en un laberinto de emociones. Con cada beso, fue bajando la guardia y dándose cuenta de que el chantaje de Rolf tenía inesperadas y placenteras ventajas.

NOVIA A LA FUERZA

LOUISE FULLER

Solo una semana
Andrea Laurence

Después de su ruptura, lo último que deseaba Paige Edwards era una escapada romántica. Pero un viaje a Hawái con todos los gastos pagados la llevó a aterrizar en la cama de Mano Bishop. Una aventura explosiva con Mano podría suponer la recuperación perfecta… el problema era que estaba embarazada de su ex.

Ciego desde la adolescencia, Mano había conseguido éxito en los negocios, pero no en el amor; siempre le había bastado con tener aventuras ocasionales, hasta que llegó Paige. Una semana con aquella mujer le llevó a replantearse todo.

¿Podría una semana de pasión
convertirse en algo más?